विक्रम और बेताल

19 कहानियाँ

विवेक कुमार पांडे शंभूनाथ

इस किताब को लिखने के दौरान कोई भी धर्म या जाति एवम् किसी भी परिवार के सदस्य को नुक्सान नहीं पहुंचाया गया है। हम किसी को भी ठेस नहीं पहुंचाना चाहते हैं।

क्रम-सूची

प्रस्तावना

इस किताब में विक्रम और बेताल की कहानीयां है। इस किताब को लिखने के दौरान कोई भी धर्म या जाति एवम् किसी भी परिवार के सदस्य को नुक्सान नहीं पहुंचाया गया है। हम किसी को भी ठेस नहीं पहुंचाना चाहते हैं।

भूमिका

लेखक की जीवनी :

मेरा नाम विवेक कुमार पांडे है और मैं एक लेखक हु , में गुजरात के सुरत में निवास करता हूं.मेरा जन्म ३० सेप्टेंबर २००२ में हुआ था, और मुझे बचपन से एक्टर बनने का सोख रहा है और अभी भी है.। में कभी ये नहीं सोचता की लोग क्या कर रहे हैं में ये सोचता हूं कि में क्या कर रहा हूं, में आज सफल हूं तो अपने पापा की वजह से आज वो रहते तो उन्हें बहुत खुशी होती , वो सदा और हमेशा मेरे साथ रहेंगे.। मेरे रियल लाइफ के सुपरस्टार और सुपर हीरो मेरे प्यारे पापा है । आई लव यू पापा । पापा को मेरे हाथ कि चाय बहुत अच्छी लगती थी ।

जब उनका मन करता था चाय पीने के लिए तो वो कहते थे । मुझे चाय पीना है कौन बनाएगा मम्मी कहती में बना देती हूं लेकिन पापा कहते नहीं मेरा बेटा बनाएंगा । उसके हाथ कि चाय मुझे बहुत अच्छा लगता है । जब भी काम करके घर आने वाले होते हैं तब मुझे फोन करते है विवेक बेटा बोलो क्या खाओगे सेब ले लु । में कहता ठीक है पापा ले लिजिए । पापा कहते कितना लू एक किलो या 2 किलो । में कहता नहीं पापा सिर्फ में ही खाता हूं भईया और दीदी को फल अच्छा ही नहीं लगता है इसलिए 3 सेब ले लेना । लेकिन पापा मेरे लिए दो तीन किलो फल लेकर आ ही जाते थे । पहले ले लेते फिर मुझे फोन करते । हमेशा ऐसा ही करते थे ।

में ये नहीं कह रहा हूं कि मुझे बहुत ज्यादा प्यार और मानते थे । वो अपने तीनों संतानों को प्यार करते थे । सबसे छोटा तो में ही था घर में , मुझसे बड़ी मेरी बहन और मेरी बहन से भी बडे मेरे भईया । में आज भी वो दिन का इंतजार कर रहा हूं जब पापा मेरे लिए कुछ लेकर आएंगे । मेरे कान तरस रहे है वो आवाज़ सुनने के लिए । लेकिन कहते हैं जो चीज चली जाए वो कभी लौटकर नहीं आती है । आप सभी से निवेदन है आप अपने मम्मी और पापा का ध्यान रखें । दुनिया में एक ही भगवान है वो है माता ओर पिता ।

में बहुत ही शरारती था बचपन में । मुझे किताब लिखने का शोख बचपन से ही था । जब में तीसरी कक्षा में पढ़ता था । तब से ही किताब लिखता था में और मेरा दोस्त हम दोनों किताब लिखके सभी को दिखाते थे और कहते थे जिन्हें मेरा किताब अच्छा लगे तो अपना हस्ताक्षर कर दे । मेरे अंदर एक बहुत ही खास विशेषता है में किसी के चक्कर में नहीं रहता हूं । कौन क्या कर रहा है करने दो मुझे कुछ फर्क नहीं पड़ता है । मुझे सिर्फ अपने आप पर ध्यान देना है ।

क्योंकि दुनिया में ऐसे भी लोग हैं जो नहीं खुद कुछ करना चाहते हैं और नहीं दुसरो को कुछ करने देना चाहते हैं । एक बात ध्यान रखें अगर आप कोई भी नया काम करते हैं तो पहले लोग ताना मारते ही है । ये मत करो वो मत करो तुम्हारे बस कि बात नहीं है , तुम नहीं कर सकते हो . मुझे यह पता नहीं चलता लोग इतना सुझाव क्यों देते हैं । हमें जो करना है हम वहीं करेंगे । कई लोग हैं जो दुसरो के कहने पर वही करते हैं लेकिन मैं आपसे कह रहा हूं आप जो करना चाहे वो करे किसी के कहने पर खाई में मत कुदे । आपकी जिंदगी आपके ही हाथों में है लोगों के हाथों में नहीं है ।

मेरा बस एक ही सपना है की में नाम कमाकर अपने पिताजी का अधुरा सपना पूरा करूं ।

1

विक्रम और बेताल

बहुत पुरानी बात है। धारा नगरी में गंधर्वसेन नाम का एक राजा राज करते थे। उसके चार रानियाँ थीं। उनके छः लड़के थे जो सब-के-सब बड़े ही चतुर और बलवान थे। संयोग से एक दिन राजा की मृत्यु हो गई और उनकी जगह उनका बड़ा बेटा शंख गद्दी पर बैठा। उसने कुछ दिन राज किया, लेकिन छोटे भाई विक्रम ने उसे मार डाला और स्वयं राजा बन बैठा। उसका राज्य दिनोंदिन बढ़ता गया और वह सारे जम्बूद्वीप का राजा बन बैठा। एक दिन उसके मन में आया कि उसे घूमकर सैर करनी चाहिए और जिन देशों के नाम उसने सुने हैं, उन्हें देखना चाहिए। सो वह गद्दी अपने छोटे भाई भर्तृहरि को सौंपकर, योगी बन कर, राज्य से निकल पड़ा।

उस नगर में एक ब्राह्मण तपस्या करता था। एक दिन देवता ने प्रसन्न होकर उसे एक फल दिया और कहा कि इसे जो भी खायेगा, वह अमर हो जायेगा। ब्रह्मण ने वह फल लाकर अपनी पत्नी को दिया और देवता की बात भी बता दी। ब्राह्मणी बोली, "हम अमर होकर क्या करेंगे? हमेशा भीख माँगते रहेंगें। इससे तो मरना ही अच्छा है। तुम इस फल को ले जाकर राजा को दे आओ और बदले में कुछ धन ले आओ।"

यह सुनकर ब्राह्मण फल लेकर राजा भर्तृहरि के पास गया और सारा हाल कह सुनाया। भर्तृहरि ने फल ले लिया और ब्राह्मण को एक लाख रुपये देकर विदा कर दिया। भर्तृहरि अपनी एक रानी को बहुत चाहता

था। उसने महल में जाकर वह फल उसी को दे दिया। रानी की मित्रता शहर-कोतवाल से थी। उसने वह फल कोतवाल को दे दिया। कोतवाल एक वेश्या के पास जाया करता था। वह उस फल को उस वेश्या को दे आया। वेश्या ने सोचा कि यह फल तो राजा को खाना चाहिए। वह उसे लेकर राजा भर्तृहरि के पास गई और उसे दे दिया। भर्तृहरि ने उसे बहुत-सा धन दिया; लेकिन जब उसने फल को अच्छी तरह से देखा तो पहचान लिया। उसे बड़ी चोट लगी, पर उसने किसी से कुछ कहा नहीं। उसने महल में जाकर रानी से पूछा कि तुमने उस फल का क्या किया। रानी ने कहा, "मैंने उसे खा लिया।" राजा ने वह फल निकालकर दिखा दिया। रानी घबरा गयी और उसने सारी बात सच-सच कह दी। भर्तृहरि ने पता लगाया तो उसे पूरी बात ठीक-ठीक मालूम हो गयी। वह बहुत दुःखी हुआ। उसने सोचा, यह दुनिया माया-जाल है। इसमें अपना कोई नहीं। वह फल लेकर बाहर आया और उसे धुलवाकर स्वयं खा लिया। फिर राजपाट छोड, योगी का भेस बना, जंगल में तपस्या करने चला गया।

भर्तृहरि के जंगल में चले जाने से विक्रम की गद्दी सूनी हो गयी। जब राजा इन्द्र को यह समाचार मिला तो उन्होंने एक देव को धारा नगरी की रखवाली के लिए भेज दिया। वह रात-दिन वहीं रहने लगा।

भर्तृहरि के राजपाट छोड़कर वन में चले जाने की बात विक्रम को मालूम हुई तो वह लौटकर अपने देश में आया। आधी रात का समय था। जब वह नगर में घुसने लगा तो देव ने उसे रोका। राजा ने कहा, "मैं विक्रम हूँ। यह मेरा राज है। तुम रोकने वाले कौन होते होते?"

देव बोला, "मुझे राजा इन्द्र ने इस नगर की चौकसी के लिए भेजा है। तुम सच्चे राजा विक्रम हो तो आओ, पहले मुझसे लड़ो।"

दोनों में लड़ाई हुई। राजा ने ज़रा-सी देर में देव को पछाड़ दिया। तब देव बोला, "हे राजन्! तुमने मुझे हरा दिया। मैं तुम्हें जीवन-दान देता हूँ।"

इसके बाद देव ने कहा, "राजन्, एक नगर और एक नक्षत्र में तुम तीन आदमी पैदा हुए थे। तुमने राजा के घर में जन्म लिया, दूसरे ने तेली के और तीसरे ने कुम्हार के। तुम यहाँ का राज करते हो, तेली पाताल का राज करता था। कुम्हार ने योग साधकर तेली को मारकर श्मशान में पिशाच बना सिरस के पेड़ से लटका दिया है। अब वह तुम्हें मारने की

फिराक में है। उससे सावधान रहना।"

इतना कहकर देव चला गया और राजा महल में आ गया। राजा को वापस आया देख सबको बड़ी खुशी हुई। नगर में आनन्द मनाया गया। राजा फिर राज करने लगा।

एक दिन की बात है कि शान्तिशील नाम का एक योगी राजा के पास दरबार में आया और उसे एक फल देकर चला गया। राजा को आशंका हुई कि देव ने जिस आदमी को बताया था, कहीं यह वही तो नहीं है! यह सोच उसने फल नहीं खाया, भण्डारी को दे दिया। योगी आता और राजा को एक फल दे जाता।

संयोग से एक दिन राजा अपना अस्तबल देखने गया था। योगी वहीं पहुँच और फल राजा के हाथ में दे दिया। राजा ने उसे उछाला तो वह हाथ से छूटकर धरती पर गिर पड़ा। उसी समय एक बन्दर ने झपटकर उसे उठा लिया और तोड़ डाला। उसमें से एक लाल निकला, जिसकी चमक से सबकी आँखें चौंधिया गयीं। राजा को बड़ा अचरज हुआ। उसने योगी से पूछा, "आप यह लाल मुझे रोज़ क्यों दे जाते हैं?"

योगी ने जवाब दिया, "महाराज! राजा, गुरु, ज्योतिषी, वैद्य और बेटी, इनके घर कभी खाली हाथ नहीं जाना चाहिए।"

राजा ने भण्डारी को बुलाकर पीछे के सब फल मँगवाये। तुड़वाने पर सबमें से एक-एक लाल निकला। इतने लाल देखकर राजा को बड़ा हर्ष हुआ। उसने जौहरी को बुलवाकर उनका मूल्य पूछा। जौहरी बोला, "महाराज, ये लाल इतने कीमती हैं कि इनका मोल करोड़ों रुपयों में भी नहीं आँका जा सकता। एक-एक लाल एक-एक राज्य के बराबर है।"

यह सुनकर राजा योगी का हाथ पकड़कर गद्दी पर ले गया। बोला, "योगीराज, आप सुनी हुई बुरी बातें, दूसरों के सामने नहीं कही जातीं।"

राजा उसे अकेले में ले गया। वहाँ जाकर योगी ने कहा, "महाराज, बात यह है कि गोदावरी नदी के किनारे मसान में मैं एक मंत्र सिद्ध कर रहा हूँ। उसके सिद्ध हो जाने पर मेरा मनोरथ पूरा हो जायेगा। तुम एक रात मेरे पास रहोगे तो मंत्र सिद्ध हो जायेगा। एक दिन रात को हथियार बाँधकर तुम अकेले मेरे पास आ जाना।"

राजा ने कहा "अच्छी बात है।"

इसके उपरान्त योगी दिन और समय बताकर अपने मठ में चला गया।

वह दिन आने पर राजा अकेला वहाँ पहुँचा। योगी ने उसे अपने पास बिठा लिया। थोड़ी देर बैठकर राजा ने पूछा, "महाराज, मेरे लिए क्या आज्ञा है?"

योगी ने कहा, "राजन्, "यहाँ से दक्षिण दिशा में दो कोस की दूरी पर मसान में एक सिरस के पेड़ पर एक मुर्दा लटका है। उसे मेरे पास ले आओ, तब तक मैं यहाँ पूजा करता हूँ।"

यह सुनकर राजा वहाँ से चल दिया। बड़ी भयंकर रात थी। चारों ओर अँधेरा फैला था। पानी बरस रहा था। भूत-प्रेत शोर मचा रहे थे। साँप आ-आकर पैरों में लिपटते थे। लेकिन राजा हिम्मत से आगे बढ़ता गया। जब वह मसान में पहुँचा तो देखता क्या है कि शेर दहाड़ रहे हैं, हाथी चिंघाड़ रहे हैं, भूत-प्रेत आदमियों को मार रहे हैं। राजा बेधड़क चलता गया और सिरस के पेड़ के पास पहुँच गया। पेड़ जड़ से फुनगी तक आग से दहक रहा था। राजा ने सोचा, हो-न-हो, यह वही योगी है, जिसकी बात देव ने बतायी थी। पेड़ पर रस्सी से बँधा मुर्दा लटक रहा था। राजा पेड़ पर चढ़ गया और तलवार से रस्सी काट दी। मुर्दा नीचे किर पड़ा और दहाड़ मार-मार कर रोने लगा।

राजा ने नीचे आकर पूछा, "तू कौन है?"

राजा का इतना कहना था कि वह मुर्दा खिलखिकर हँस पड़ा। राजा को बड़ा अचरज हुआ। तभी वह मुर्दा फिर पेड़ पर जा लटका। राजा फिर चढ़कर ऊपर गया और रस्सी काट, मुर्दे का बगल में दबा, नीचे आया। बोला, "बता, तू कौन है?"

मुर्दा चुप रहा।

तब राजा ने उसे एक चादर में बाँधा और योगी के पास ले चला। रास्ते में वह मुर्दा बोला, "मैं बेताल हूँ। तू कौन है और मुझे कहाँ ले जा रहा है?"

राजा ने कहा, "मेरा नाम विक्रम है। मैं धारा नगरी का राजा हूँ। मैं तुझे योगी के पास ले जा रहा हूँ।"

बेताल बोला, "मैं एक शर्त पर चलूँगा। अगर तू रास्ते में बोलेगा तो मैं लौटकर पेड़ पर जा लटकूँगा।"

राजा ने उसकी बात मान ली। फिर बेताल बोला, " पण्डित, चतुर और ज्ञानी, इनके दिन अच्छी-अच्छी बातों में बीतते हैं, जबकि मूर्खों के दिन कलह और नींद में। अच्छा होगा कि हमारी राह भली बातों की चर्चा में बीत जाये। मैं तुझे एक कहानी सुनाता हूँ। ले, सुन।

2

पाप किसको लगा?

काशी में प्रतापमुकुट नाम का राजा राज्य करता था। उसके वज्रमुकुट नाम का एक बेटा था। एक दिन राजकुमार दीवान के लड़के को साथ लेकर शिकार खेलने जंगल गया। घूमते-घूमते उन्हें तालाब मिला। उसके पानी में कमल खिले थे और हंस किलोल कर रहे थे। किनारों पर घने पेड़ थे, जिन पर पक्षी चहचहा रहे थे। दोनों मित्र वहाँ रुक गये और तालाब के पानी में हाथ-मुँह धोकर ऊपर महादेव के मन्दिर पर गये। घोड़ों को उन्होंने मन्दिर के बाहर बाँध दिया। वो मन्दिर में दर्शन करके बाहर आये तो देखते क्या हैं कि तालाब के किनारे राजकुमारी अपनी सहेलियों के साथ स्नान करने आई है। दीवान का लड़का तो वहीं एक पेड़ के नीचे बैठा रहा, पर राजकुमार सें न रहा गया। वह आगे बढ़ गया। राजकुमारी ने उसकी ओर देखा तो वह उस पर मोहित हो गया। राजकुमारी भी उसकी तरफ़ देखती रही। फिर उसने किया क्या कि जूड़े में से कमल का फूल निकाला, कान से लगाया, दाँत से कुतरा, पैर के नीचे दबाया और फिर छाती से लगा, अपनी सखियों के साथ चली गयी।

उसके जाने पर राजकुमार निराश हो अपने मित्र के पास आया और सब हाल सुनाकर बोला, "मैं इस राजकुमारी के बिना नहीं रह सकता। पर मुझे न तो उसका नाम मालूम है, न ठिकाना। वह कैसे मिलेगी?"

दीवान के लड़के ने कहा, "राजकुमार, आप इतना घबरायें नहीं। वह सब कुछ बता गयी है।"

राजकुमार ने पूछा, “कैसे?”

वह बोला, “उसने कमल का फूल सिर से उतार कर कानों से लगाया तो उसने बताया कि मैं कर्नाटक की रहनेवाली हूँ। दाँत से कुतरा तो उसका मतलब था कि मैं दंतबाट राजा की बेटी हूँ। पाँव से दबाने का अर्थ था कि मेरा नाम पद्मावती है और छाती से लगाकर उसने बताया कि तुम मेरे दिल में बस गये हो।”

इतना सुनना था कि राजकुमार खुशी से फूल उठा। बोला, “अब मुझे कर्नाटक देश में ले चलो।”

दोनों मित्र वहाँ से चल दिये। घूमते-फिरते, सैर करते, दोनों कई दिन बाद वहाँ पहुँचे। राजा के महल के पास गये तो एक बुढ़िया अपने द्वार पर बैठी चरखा कातती मिली।

उसके पास जाकर दोनों घोड़ों से उतर पड़े और बोले, “माई, हम सौदागर हैं। हमारा सामान पीछे आ रहा है। हमें रहने को थोड़ी जगह दे दो।”

उनकी शक्ल-सूरत देखकर और बात सुनकर बुढ़िया के मन में ममता उमड़ आयी। बोली, “बेटा, तुम्हारा घर है। जब तक जी में आए, रहो।”

दोनों वहीं ठहर गये। दीवान के बेटे ने उससे पूछा, “माई, तुम क्या करती हो? तुम्हारे घर में कौन-कौन है? तुम्हारी गुज़र कैसे होती है?”

बुढ़िया ने जवाब दिया, “बेटा, मेरा एक बेटा है जो राजा की चाकरी में है। मैं राजा की बेटी पद्मावती की धाय थी। बूढ़ी हो जाने से अब घर में रहती हूँ। राजा खाने-पीने को दे देता है। दिन में एक बार राजकुमारी को देखने महल में जाती हूँ।”

राजकुमार ने बुढ़िया को कुछ धन दिया और कहा, “माई, कल तुम वहाँ जाओ तो राजकुमारी से कह देना कि जेठ सुदी पंचमी को तुम्हें तालाब पर जो राजकुमार मिला था, वह आ गया है।”

अगले दिन जब बुढ़िया राजमहल गयी तो उसने राजकुमार का सन्देशा उसे दे दिया। सुनते ही राजकुमारी ने गुस्सा होंकर हाथों में चन्दन लगाकर उसके गाल पर तमाचा मारा और कहा, “मेरे घर से निकल जा।”

बुढ़िया ने घर आकर सब हाल राजकुमार को कह सुनाया। राजकुमार हक्का-बक्का रह गया। तब उसके मित्र ने कहा, "राजकुमार, आप घबरायें नहीं, उसकी बातों को समझें। उसने देसों उँगलियाँ सफ़ेद चन्दन में मारीं, इससे उसका मतलब यह है कि अभी दस रोज़ चाँदनी के हैं। उनके बीतने पर मैं अँधेरी रात में मिलूँगी।"

दस दिन के बाद बुढ़िया ने फिर राजकुमारी को ख़बर दी तो इस बार उसने केसर के रंग में तीन उँगलियाँ डुबोकर उसके मुँह पर मारीं और कहा, "भाग यहाँ से।"

बुढ़िया ने आकर सारी बात सुना दी। राजकुमार शोक से व्याकुल हो गया। दीवान के लड़के ने समझाया, "इसमें हैरान होने की क्या बात है? उसने कहा है कि मुझे मासिक धर्म हो रहा है। तीन दिन और ठहरो।"

तीन दिन बीतने पर बुढ़िया फिर वहाँ पहुँची। इस बार राजकुमारी ने उसे फटकार कर पच्छिम की खिड़की से बाहर निकाल दिया। उसने आकर राजकुमार को बता दिया। सुनकर दीवान का लड़का बोला, "मित्र, उसने आज रात को तुम्हें उस खिड़की की राह बुलाया है।"

मारे खुशी के राजकुमार उछल पड़ा। समय आने पर उसने बुढ़िया की पोशाक पहनी, इत्र लगाया, हथियार बाँधे। दो पहर रात बीतने पर वह महल में जा पहुँचा और खिड़की में से होकर अन्दर पहुँच गया। राजकुमारी वहाँ तैयार खड़ी थी। वह उसे भीतर ले गयी।

अन्दर के हाल देखकर राजकुमार की आँखें खुल गयीं। एक-से-एक बढ़कर चीजें थीं। रात-भर राजकुमार राजकुमारी के साथ रहा। जैसे ही दिन निकलने को आया कि राजकुमारी ने राजकुमार को छिपा दिया और रात होने पर फिर बाहर निकाल लिया। इस तरह कई दिन बीत गये। अचानक एक दिन राजकुमार को अपने मित्र की याद आयी। उसे चिन्ता हुई कि पता नहीं, उसका क्या हुआ होगा। उदास देखकर राजकुमारी ने कारण पूछा तो उसने बता दिया। बोला, "वह मेरा बड़ा प्यारा दोस्त हैं बड़ा चतुर है। उसकी होशियारी ही से तो तुम मुझे मिल पाई हो।"

राजकुमारी ने कहा, "मैं उसके लिए बढ़िया-बढ़िया भोजन बनवाती हूँ। तुम उसे खिलाकर, तसल्ली देकर लौट आना।"

खाना साथ में लेकर राजकुमार अपने मित्र के पास पहुँचा। वे महीने भर से मिले नहीं। थे, राजकुमार ने मिलने पर सारा हाल सुनाकर कहा कि राजकुमारी को मैंने तुम्हारी चतुराई की सारी बातें बता दी हैं, तभी तो उसने यह भोजन बनाकर भेजा है।

दीवान का लड़का सोच में पड़ गया। उसने कहा, "यह तुमने अच्छा नहीं किया। राजकुमारी समझ गयी कि जब तक मैं हूँ, वह तुम्हें अपने बस में नहीं रख सकती। इसलिए उसने इस खाने में ज़हर मिलाकर भेजा है।"

यह कहकर दीवान के लड़के ने थाली में से एक लड्डू उठाकर कुत्ते के आगे डाल दिया। खाते ही कुत्ता मर गया।

राजकुमार को बड़ा बुरा लगा। उसने कहा, "ऐसी स्त्री से भगवान् बचाये! मैं अब उसके पास नहीं जाऊँगा।"

दीवान का बेटा बोला, "नहीं, अब ऐसा उपाय करना चाहिए, जिससे हम उसे घर ले चलें। आज रात को तुम वहाँ जाओ। जब राजकुमारी सो जाये तो उसकी बायीं जाँघ पर त्रिशूल का निशान बनाकर उसके गहने लेकर चले आना।"

राजकुमार ने ऐसा ही किया। उसके आने पर दीवान का बेटा उसे साथ ले, योगी का भेस बना, मरघट में जा बैठा और राजकुमार से कहा कि तुम ये गहने लेकर बाज़ार में बेच आओ। कोई पकड़े तो कह देना कि मेरे गुरु के पास चलो और उसे यहाँ ले आना।

राजकुमार गहने लेकर शहर गया और महल के पास एक सुनार को उन्हें दिखाया। देखते ही सुनार ने उन्हें पहचान लिया और कोतवाल के पास ले गया। कोतवाल ने पूछा तो उसने कह दिया कि ये मेरे गुरु ने मुझे दिये हैं। गुरु को भी पकड़वा लिया गया। सब राजा के सामने पहुँचे।

राजा ने पूछा, "योगी महाराज, ये गहने आपको कहाँ से मिले?"

योगी बने दीवान के बेटे ने कहा, "महाराज, मैं मसान में काली चौदस को डाकिनी-मंत्र सिद्ध कर रहा था कि डाकिनी आयी। मैंने उसके गहने उतार लिये और उसकी बायीं जाँघ में त्रिशूल का निशान बना दिया।"

इतना सुनकर राजा महल में गया और उसने रानी से कहा कि पद्मावती की बायीं जाँघ पर देखो कि त्रिशूल का निशान तो नहीं है। रानी

देखा, तो था। राजा को बड़ा दुःख हुआ। बाहर आकर वह योगी को एक ओर ले जाकर बोला, "महाराज, धर्मशास्त्र में खोटी स्त्रियों के लिए क्या दण्ड है?"

योगी ने जवाब दिया, "राजन्, ब्राह्मण, गऊ, स्त्री, लड़का और अपने आसरे में रहनेवाले से कोई खोटा काम हो जाये तो उसे देश-निकाला दे देना चाहिए।" यह सुनकर राजा ने पद्मावती को डोली में बिठाकर जंगल में छुड़वा दिया। राजकुमार और दीवान का बेटा तो ताक में बैठे ही थे। राजकुमारी को अकेली पाकर साथ ले अपने नगर में लौट आये और आनंद से रहने लगे।

इतनी बात सुनाकर बेताल बोला, "राजन्, यह बताओ कि पाप किसको लगा है?"

राजा ने कहा, "पाप तो राजा को लगा। दीवान के बेटे ने अपने स्वामी का काम किया। कोतवाल ने राजा को कहना माना और राजकुमार ने अपना मनोरथ सिद्ध किया। राजा ने पाप किया, जो बिना विचारे उसे देश-निकाला दे दिया।"

राजा का इतना कहना था कि बेताल फिर उसी पेड़ पर जा लटका। राजा वापस गया और बेताल को लेकर चल दिया। बेताल बोला, "राजन्, सुनो, एक कहानी और सुनाता हूँ।

3

किसकी स्त्री?

यमुना के किनारे धर्मस्थान नामक एक नगर था। उसे नगर में गणाधिप नाम का राजा राज करता था। उसी में केशव नाम का एक ब्राह्मण भी रहता था। ब्राह्मण यमुना के तीर पर जप-तप किया करता था। उसके एक लड़की थी, जिसका नाम मालती था। वह बड़ी रूपवती थी। जब वह ब्याह के योग्य हुई तो उसके माता, पिता और भाई को चिन्ता हुई। संयोग से एक दिन जब ब्राह्मण अपने किसी यजमान की बारात में गया था और भाई पढ़ने गया था, तभी उनके घर में एक ब्राह्मण का लड़का आया। लड़की की माँ ने उसके रूप और गुणों को देखकर उससे कहा कि मैं तुमसे अपनी लडकी का ब्याह करूँगी। होनहार की बात कि उधर ब्राह्मण पिता को भी एक दूसरा लड़का मिल गया और उसने उस लड़के को भी यही वचन दे दिया। उधर ब्राह्मण का लड़का जहाँ पढ़ने गया था, वहाँ वह एक लड़के से यही वादा कर आया।

कुछ समय बाद बाप-बेटे घर में इकट्ठे हुए तो देखते क्या हैं कि वहाँ एक तीसरा लड़का और मौजूद है। दो उनके साथ आये थे। अब क्या हो? ब्राह्मण, उसका लड़का और ब्राह्मणी बड़े सोच में पड़े। दैवयोग से हुआ क्या कि लड़की को साँप ने काट लिया और वह मर गयी। उसके बाप, भाई और तीनों लड़कों ने बड़ी भाग-दौड़ की, ज़हर झाड़नेवालों को बुलाया, पर कोई नतीजा न निकला। सब अपनी-अपनी करके चले गये।

दुःखी होकर वे उस लड़की को श्मशान में ले गये और क्रिया-कर्म कर आये। तीनों लड़कों में से एक ने तो उसकी हड्डियाँ चुन लीं और फकीर बनकर जंगल में चला गया। दूसरे ने राख की गठरी बाँधी और वहीं झोपड़ी डालकर रहने लगा। तीसरा योगी होकर देश-देश घुमने लगा।

एक दिन की बात है, वह तीसरा लड़का घूमते-घामते किसी नगर में पहुँचा और एक ब्राह्मणी के घर भोजन करने बैठा। जैसे ही उस घर की ब्राह्मणी भोजन परोसने आयी कि उसके छोटे लड़के ने उसका आँचल पकड़ लिया। ब्राह्मणी से अपना आँचल छुड़ता नहीं था। ब्राह्मणी को बड़ा गुस्सा आया। उसने अपने लड़के को झिड़का, मारा-पीटा, फिर भी वह न माना तो ब्राह्मणी ने उसे उठाकर जलते चूल्हें में पटक दिया। लड़का जलकर राख हो गया। ब्राह्मण बिना भोजन किये ही उठ खड़ा हुआ। घरवालों ने बहुतेरा कहा, पर वह भोजन करने के लिए राजी न हुआ। उसने कहा जिस घर में ऐसी राक्षसी हो, उसमें मैं भोजन नहीं कर सकता।

इतना सुनकर वह आदमी भीतर गया और संजीवनी विद्या की पोथी लाकर एक मन्त्र पढ़ा। जलकर राख हो चुका लड़का फिर से जीवित हो गया।

यह देखकर ब्राह्मण सोचने लगा कि अगर यह पोथी मेरे हाथ पड़ जाये तो मैं भी उस लड़की को फिर से जिला सकता हूँ। इसके बाद उसने भोजन किया और वहीं ठहर गया। जब रात को सब खा-पीकर सो गये तो वह ब्राह्मण चुपचाप वह पोथी लेकर चल दिया। जिस स्थान पर उस लड़की को जलाया गया था, वहाँ जाकर उसने देखा कि दूसरे लड़के वहाँ बैठे बातें कर रहे हैं। इस ब्राह्मण के यह कहने पर कि उसे संजीवनी विद्या की पोथी मिल गयी है और वह मन्त्र पढ़कर लड़की को जिला सकता है, उन दोनों ने हड्डियाँ और राख निकाली। ब्राह्मण ने जैसे ही मंत्र पढ़ा, वह लड़की जी उठी। अब तीनों उसके पीछे आपस में झगड़ने लगे।

इतना कहकर बेताल बोला, "राजा, बताओ कि वह लड़की किसकी स्त्री होनी चाहिए?"

राजा ने जवाब दिया, "जो वहाँ कुटिया बनाकर रहा, उसकी।"

बेताल ने पूछा, “क्यों?”

राजा बोला, “जिसने हड्डियाँ रखीं, वह तो उसके बेटे के बराबर हुआ। जिसने विद्या सीखकर जीवन-दान दिया, वह बाप के बराबर हुआ। जो राख लेकर रमा रहा, वही उसकी हक़दार है।”

राजा का यह जवाब सुनकर बेताल फिर पेड़ पर जा लटका। राजा को फिर लौटना पड़ा और जब वह उसे लेकर चला तो बेताल ने तीसरी कहानी सुनायी।

4

ज्यादा पुण्य किसका?

वर्धमान नगर में रूपसेन नाम का राजा राज करता था। एक दिन उसके यहाँ वीरवर नाम का एक राजपूत नौकरी के लिए आया। राजा ने उससे पूछा कि उसे ख़र्च के लिए क्या चाहिए तो उसने जवाब दिया, हज़ार तोले सोना। सुनकर सबको बड़ा आश्चर्य हुआ। राजा ने पूछा, "तुम्हारे साथ कौन-कौन है?" उसने जवाब दिया, "मेरी स्त्री, बेटा और बेटी।" राजा को और भी अचम्भा हुआ। आख़िर चार जने इतने धन का क्या करेंगे? फिर भी उसने उसकी बात मान ली।

उस दिन से वीरवर रोज हज़ार तोले सोना भण्डारी से लेकर अपने घर आता। उसमें से आधा ब्राह्मणों में बाँट देता, बाकी के दो हिस्से करके एक मेहमानों, वैरागियों और संन्यासियों को देता और दूसरे से भोजन बनवाकर पहले ग़रीबों को खिलाता, उसके बाद जो बचता, उसे स्त्री-बच्चों को खिलाता, आप खाता। काम यह था कि शाम होते ही ढाल-तलवार लेकर राज के पलंग की चौकीदारी करता। राजा को जब कभी रात को ज़रूरत होती, वह हाज़िर रहता।

एक आधी रात के समय राजा को मरघट की ओर से किसी के रोने की आवाज़ आयी। उसने वीरवर को पुकारा तो वह आ गया। राजा ने कहा, "जाओ, पता लगाकर आओ कि इतनी रात गये यह कौन रो रहा है और क्यों रो रहा है?"

वीरवर तत्काल वहाँ से चल दिया। मरघट में जाकर देखता क्या है कि सिर से पाँव तक एक स्त्री गहनों से लदी कभी नाचती है, कभी कूदती है और सिर पीट-पीटकर रोती है। लेकिन उसकी आँखों से एक बूँद आँसू की नहीं निकलती। वीरवर ने पूछा, "तुम कौन हो? क्यों रोती हो?"

उसने कहा, "मैं राज-लक्ष्मी हूँ। रोती इसलिए हूँ कि राजा विक्रम के घर में खोटे काम होते हैं, इसलिए वहाँ दरिद्रता का डेरा पड़ने वाला है। मैं वहाँ से चली जाऊँगी और राजा दुःखी होकर एक महीने में मर जायेगा।"

सुनकर वीरवर ने पूछा, "इससे बचने का कोई उपाय है!"

स्त्री बोली, "हाँ, है। यहाँ से पूरब में एक योजन पर एक देवी का मन्दिर है। अगर तुम उस देवी पर अपने बेटे का शीश चढ़ा दो तो विपदा टल सकती है। फिर राजा सौ बरस तक बेखटके राज करेगा।"

वीरवर घर आया और अपनी स्त्री को जगाकर सब हाल कहा। स्त्री ने बेटे को जगाया, बेटी भी जाग पड़ी। जब बालक ने बात सुनी तो वह खुश होकर बोला, "आप मेरा शीश काटकर ज़रूर चढ़ा दें। एक तो आपकी आज्ञा, दूसरे स्वामी का काम, तीसरे यह देह देवता पर चढ़े, इससे बढ़कर बात और क्या होगी! आप जल्दी करें।"

वीरवर ने अपनी स्त्री से कहा, "अब तुम बताओ।"

स्त्री बोली, "स्त्री का धर्म पति की सेवा करने में है।"

निदान, चारों जने देवी के मन्दिर में पहुँचे। वीरवर ने हाथ जोड़कर कहा, "हे देवी, मैं अपने बेटे की बलि देता हूँ। मेरे राजा की सौ बरस की उम्र हो।"

इतना कहकर उसने इतने ज़ोर से खांडा मारा कि लड़के का शीश धड़ से अलग हो गया। भाई का यह हाल देख कर बहन ने भी खांडे से अपना सिर अलग कर डाला। बेटा-बेटी चले गये तो दुःखी माँ ने भी उन्हीं का रास्ता पकड़ा और अपनी गर्दन काट दी। वीरवर ने सोचा कि घर में कोई नहीं रहा तो मैं ही जीकर क्या करूँगा। उसने भी अपना सिर काट डाला। राजा को जब यह मालूम हुआ तो वह वहाँ आया। उसे बड़ा दुःख हुआ कि उसके लिए चार प्राणियों की जान चली गयी। वह सोचने लगा कि ऐसा राज करने से धिक्कार है! यह सोच उसने तलवार उठा ली और जैसे ही अपना सिर काटने को हुआ कि देवी ने प्रकट होकर उसका हाथ पकड़

लिया। बोली, "राजन्, मैं तेरे साहस से प्रसन्न हूँ। तू जो वर माँगेगा, सो दूँगी।"

राजा ने कहा, "देवी, तुम प्रसन्न हो तो इन चारों को जिला दो।"

देवी ने अमृत छिड़ककर उन चारों को फिर से जिला दिया।

इतना कहकर बेताल बोला, राजा, बताओ, सबसे ज्यादा पुण्य किसका हुआ?"

राजा बोला, "राजा का।"

बेताल ने पूछा, "क्यों?"

राजा ने कहा, "इसलिए कि स्वामी के लिए चाकर का प्राण देना धर्म है; लेकिन चाकर के लिए राजा का राजपाट को छोड़, जान को तिनके के समान समझकर देने को तैयार हो जाना बहुत बड़ी बात है।"

यह सुन बेताल ग़ायब हो गया और पेड़ पर जा लटका। बेचारा राजा दौड़ा-दौड़ा वहाँ पहुँचा और उसे फिर पकड़कर लाया तो बोताल ने चौथी कहानी कही।

5

ज्यादा पापी कौन?

भोगवती नाम की एक नगरी थी। उसमें राजा रूपसेन राज करता था। उसके पास चिन्तामणि नाम का एक तोता था। एक दिन राजा ने उससे पूछा, "हमारा ब्याह किसके साथ होगा?"

तोते ने कहा, "मगध देश के राजा की बेटी चन्द्रावती के साथ होगा।" राजा ने ज्योतिषी को बुलाकर पूछा तो उसने भी यही कहा।

उधर मगध देश की राज-कन्या के पास एक मैना थी। उसका नाम था मदन मञ्जरी। एक दिन राज-कन्या ने उससे पूछा कि मेरा विवाह किसके साथ होगा तो उसने कह दिया कि भोगवती नगर के राजा रूपसेन के साथ।

इसके बाद दोनों को विवाह हो गया। रानी के साथ उसकी मैना भी आ गयी। राजा-रानी ने तोता-मैना का ब्याह करके उन्हें एक पिंजड़े में रख दिया।

एक दिन की बात कि तोता-मैना में बहस हो गयी। मैना ने कहा, "आदमी बड़ा पापी, दग़ाबाज़ और अधर्मी होता है।" तोते ने कहा, "स्त्री झूठी, लालची और हत्यारी होती है।" दोनों का झगड़ा बढ़ गया तो राजा ने कहा, "क्या बात है, तुम आपस में लड़ते क्यों हो?"

मैना ने कहा; "महाराज, मर्द बड़े बुरे होते हैं।"

इसके बाद मैना ने एक कहानी सुनायी।

इलापुर नगर में महाधन नाम का एक सेठ रहता था। विवाह के बहुत दिनों के बाद उसके घर एक लड़का पैदा हुआ। सेठ ने उसका बड़ी अच्छी तरह से लालन-पालन किया, पर लड़का बड़ा होकर जुआ खेलने लगा। इस बीच सेठ मर गया। लड़के ने अपना सारा धन जुए में खो दिया। जब पास में कुछ न बचा तो वह नगर छोड़कर चन्द्रपुरी नामक नगरी में जा पहुँचा। वहाँ हेमगुप्त नाम का साहूकार रहता था। उसके पास जाकर उसने अपने पिता का परिचय दिया और कहा कि मैं जहाज़ लेकर सौदागरी करने गया था। माल बेचा, धन कमाया; लेकिन लौटते में समुद्र में ऐसा तूफ़ान आया कि जहाज़ डूब गया और मैं जैसे-तैसे बचकर यहाँ आ गया।

उस सेठ के एक लड़की थी रत्नावती। सेठ को बड़ी खुशी हुई कि घर बैठे इतना अच्छा लड़का मिल गया। उसने उस लड़के को अपने घर में रख लिया और कुछ दिन बाद अपनी लड़की से उसका ब्याह कर दिया। दोनों वहीं रहने लगे। अन्त में एक दिन वहाँ से बिदा हुए। सेठ ने बहुत-सा धन दिया और एक दासी को उनके साथ भेज दिया।

रास्ते में एक जंगल पड़ता था। वहाँ आकर लड़के ने स्त्री से कहा, "यहाँ बहुत डर है, तुम अपने गहने उतारकर मेरी कमर में बाँध दो, लड़की ने ऐसा ही किया। इसके बाद लड़के ने कहारों को धन देकर डोले को वापस करा दिया और दासी को मारकर कुएँ में डाल दिया। फिर स्त्री को भी कुएँ में पटककर आगे बढ़ गया।

स्त्री रोने लगी। एक मुसाफ़िर उधर जा रहा था। जंगल में रोने की आवाज़ सुनकर वह वहाँ आया उसे कुएँ से निकालकर उसके घर पहुँचा दिया। स्त्री ने घर जाकर माँ-बाप से कह दिया कि रास्ते में चोरों ने हमारे गहने छीन लिये और दासी को मारकर, मुझे कुएँ में ढकेलकर, भाग गये। बाप ने उसे ढाढस बँधाया और कहा कि तू चिन्ता मत कर। तेरा स्वामी जीवित होगा और किसी दिन आ जायेगा।

उधर वह लड़का जेवर लेकर शहर पहुँचा। उसे तो जुए की लत लगी थी। वह सारे गहने जुए में हार गया। उसकी बुरी हालत हुई तो वह यह बहाना बनाकर कि उसके लड़का हुआ है, फिर अपनी ससुराल चला। वहाँ पहुँचते ही सबसे पहले उसकी स्त्री मिली। वह बड़ी खुश हुई। उसने पति

से कहा, "आप कोई चिन्ता न करें, मैंने यहाँ आकर दूसरी ही बात कही है।" जो कहा था, वह उसने बता दिया।

सेठ अपने जमाई से मिलकर बड़े प्रसन्न हुए और उन्होंने उसे बड़ी अच्छी तरह से घर में रखा।

कुछ दिन बाद एक रोज़ जब वह लड़की गहने पहने सो रही थी, उसने चुपचाप छुरी से उसे मार डाला और उसके गहने लेकर चम्पत हो गया।

मैना बोली, "महाराज, यह सब मैंने अपनी आँखों से देखा। ऐसा पापी होता है आदमी!"

राजा ने तोते से कहा, "अब तुम बताओ कि स्त्री क्यों बुरी होती है?"

इस पर तोते ने यह कहानी सुनायी।

कंचनपुर में सागरदत्त नाम का एक सेठ रहता था। उसके श्रीदत्त नाम का एक लड़का था। वहाँ से कुछ दूर पर एक और नगर था श्रीविजयपुर। उसमें सोमदत्त नाम का सेठ रहता था। उसके एक लड़की थी वह श्रीदत्त को ब्याही थी। ब्याह के बाद श्रीदत्त व्यापार करने परदेस चला गया। बारह बरस हो गये और वह न आया तो जयश्री व्याकुल होने लगी। एक दिन वह अपनी अटारी पर खड़ी थी कि एक आदमी उसे दिखाई दिया। उसे देखते ही वह उस पर मोहित हो गयी। उसने उसे अपनी सखी के घर बुलवा लिया। रात होते ही वह उस सखी के घर चली जाती और रात-भर वहाँ रहकर दिन निकलने से पहले ही लौट आती। इस तरह बहुत दिन बीत गये।

इस बीच एक दिन उसका पति परदेस से लौट आया। स्त्री बड़ी दुःखी हुई अब वह क्या करे? पति हारा-थका था। जल्दी ही उसकी आँख लग गई और स्त्री उठकर अपने दोस्त के पास चल दी।

रास्ते में एक चोर खड़ा था। वह देखने लगा कि स्त्री कहाँ जाती है। धीरे-धीरे वह सहेली के मकान पर पहुँची। चोर भी पीछे-पीछे गया। संयोग से उस आदमी को साँप ने काट लिया था ओर वह मरा पड़ा था। स्त्री ने समझा सो रहा है। वहीं आँगन में पीपल का एक पेड़ था, जिस पर एक पिशाच बैठा यह लीला देख रहा था। उसने उस आदमी के शरीर में प्रवेश करके उस स्त्री की नाक काट ली औरा फिर उस आदमी की देह से निकलकर पेड़ पर जा बैठा। स्त्री रोती हुई अपनी सहेली के पास गयी।

सहेली ने कहा कि तुम अपने पति के पास जाओ और वहाँ बैठकर रोने लगो। कोई पूछे तो कह देना कि पति ने नाक काट ली है।

उसने ऐसा ही किया। उसका रोना सुनकर लोग इकट्‌ठे हो गये। आदमी जाग उठा। उसे सारा हाल मालूम हुआ तो वह बड़ा दुःखी हुआ। लड़की के बाप ने कोतवाल को ख़बर दे दी। कोतवाल उन सबको राजा के पास ले गया। लड़की की हालत देखकर राजा को बड़ा गुस्सा आया। उसने कहा, "इस आदमी को सूली पर लटका दो।"

वह चोर वहाँ खड़ा था। जब उसने देखा कि एक बेक़सूर आदमी को सूली पर लटकाया जा रहा है तो उसने राजा के सामने जाकर सब हाल सच-सच बता दिया। बोला, "अगर मेरी बात का विश्वास न हो तो जाकर देख लीजिए, उस आदमी के मुँह में स्त्री की नाक है।"

राजा ने दिखवाया तो बात सच निकली।

इतना कहकर तोता बोला, "हे राजा! स्त्रियाँ ऐसी होती हैं! राजा ने उस स्त्री का सिर मुँडवाकर, गधे पर चढ़ाकर, नगर में घुमवाया और शहर से बाहर छुड़वा दिया।"

यह कहानी सुनाकर बेताल बोला, "राजा, बताओ कि दोनों में ज्यादा पापी कौन है?"

राजा ने कहा, "स्त्री।"

बेताल ने पूछा, "कैसे?"

राजा ने कहा, "मर्द कैसा ही दुष्ट हो, उसे धर्म का थोड़ा-बहुत विचार रहता ही है। स्त्री को नहीं रहता। इसलिए वह अधिक पापिन है।"

राजा के इतना कहते ही बेताल फिर पेड़ पर जा लटका। राजा लौटकर गया और उसे पकड़कर लाया। रास्ते में बेताल ने पाँचवीं कहानी सुनायी।

6

लड़की किसको मिलनी चाहिए?

उज्जैन में महाबल नाम का एक राजा रहता था। उसके हरिदास नाम का एक दूत था जिसके महादेवी नाम की बड़ी सुन्दर कन्या थी। जब वह विवाह योग्य हुई तो हरिदास को बहुत चिन्ता होने लगी। इसी बीच राजा ने उसे एक दूसरे राजा के पास भेजा। कई दिन चलकर हरिदास वहाँ पहुँचा। राजा ने उसे बड़ी अच्छी तरह से रखा। एक दिन एक ब्राह्मण हरिदास के पास आया। बोला, "तुम अपनी लड़की मुझे दे दो।"

हरिदास ने कहाँ, "मैं अपनी लड़की उसे दूँगा, जिसमें सब गुण होंगे।"

ब्राह्मण ने कहा, "मेरे पास एक ऐसा रथ है, जिस पर बैठकर जहाँ चाहो, घड़ी-भर में पहुँच जाओगे।"

हरिदास बोला, "ठीक है। सबेरे उसे ले आना।"

अगले दिन दोनों रथ पर बैठकर उज्जैन आ पहुँचे। दैवयोग से उससे पहले हरिदास का लड़का अपनी बहन को किसी दूसरे को और हरिदास की स्त्री अपनी लड़की को किसी तीसरे को देने का वादा कर चुकी थी। इस तरह तीन वर इकट्ठे हो गये। हरिदास सोचने लगा कि कन्या एक है, वह तीन हैं। क्या करे! इसी बीच एक राक्षस आया और कन्या को उठाकर विंध्याचल पहाड़ पर ले गया। तीनों वरों में एक ज्ञानी था। हरिदास ने उससे पूछा तो उसने बता दिया कि एक राक्षस लड़की को उड़ा ले गया है

और वह विंध्याचल पहाड़ पर है।

दूसरे ने कहा, “मेरे रथ पर बैठकर चलो। ज़रा सी देरी में वहाँ पहुँच जायेंगे।”

तीसरा बोला, “मैं शब्दवेधी तीर चलाना जानता हूँ। राक्षस को मार गिराऊँगा।”

वे सब रथ पर चढ़कर विंध्याचल पहुँचे और राक्षस को मारकर लड़की को बचा जाये।

इतना कहकर बेताल बोला “हे राजन्! बताओ, वह लड़की उन तीनों में से किसको मिलनी चाहिए?”

राजा ने कहा, “जिसने राक्षस को मारा, उसकों मिलनी चाहिए, क्योंकि असली वीरता तो उसी ने दिखाई। बाकी दो ने तो मदद की।”

राजा का इतना कहना था कि बेताल फिर पेड़ पर जा लटका और राजा फिर उसे लेकर आया तो रास्ते में बेताल ने छठी कहानी सुनायी।

7

स्त्री का पति कौन?

धर्मपुर नाम की एक नगरी थी। उसमें धर्मशील नाम को राजा राज करता था। उसके अन्धक नाम का दीवान था। एक दिन दीवान ने कहा, "महाराज, एक मन्दिर बनवाकर देवी को बिठाकर पूजा की जाए तो बड़ा पुण्य मिलेगा।"

राजा ने ऐसा ही किया। एक दिन देवी ने प्रसन्न होकर उससे वर माँगने को कहा। राजा के कोई सन्तान नहीं थी। उसने देवी से पुत्र माँगा। देवी बोली, "अच्छी बात है, तेरे बड़ा प्रतापी पुत्र प्राप्त होगा।"

कुछ दिन बाद राजा के एक लड़का हुआ। सारे नगर में बड़ी खुशी मनायी गयी।

एक दिन एक धोबी अपने मित्र के साथ उस नगर में आया। उसकी निगाह देवी के मन्दिर में पड़ी। उसने देवी को प्रणाम करने का इरादा किया। उसी समय उसे एक धोबी की लड़की दिखाई दी, जो बड़ी सुन्दर थी। उसे देखकर वह इतना पागल हो गया कि उसने मन्दिर में जाकर देवी से प्रार्थना की, "हे देवी! यह लड़की मुझे मिल जाय। अगर मिल गयी तो मैं अपना सिर तुझपर चढ़ा दूँगा।"

इसके बाद वह हर घड़ी बेचैन रहने लगा। उसके मित्र ने उसके पिता से सारा हाल कहा। अपने बेटे की यह हालत देखकर वह लड़की के पिता के पास गया और उसके अनुरोध करने पर दोनों का विवाह हो गया।

विवाह के कुछ दिन बाद लड़की के पिता यहाँ उत्सव हुआ। इसमें शामिल होने के लिए न्यौता आया। मित्र को साथ लेकर दोनों चले। रास्ते में उसी देवी का मन्दिर पड़ा तो लड़के को अपना वादा याद आ गया। उसने मित्र और स्त्री को थोड़ी देर रुकने को कहा और स्वयं जाकर देवी को प्रणाम कर के इतने ज़ोर-से तलवार मारी कि उसका सिर धड़ से अलग हो गया।

देर हो जाने पर जब उसका मित्र मन्दिर के अन्दर गया तो देखता क्या है कि उसके मित्र का सिर धड़ से अलग पड़ा है। उसने सोचा कि यह दुनिया बड़ी बुरी है। कोई यह तो समझेगा नहीं कि इसने अपने-आप शीश चढ़ाया है। सब यही कहेंगे कि इसकी सुन्दर स्त्री को हड़पने के लिए मैंने इसकी गर्दन काट दी। इससे कहीं मर जाना अच्छा है। यह सोच उसने तलवार लेकर अपनी गर्दन उड़ा दी।

उधर बाहर खड़ी-खड़ी स्त्री हैरान हो गयी तो वह मन्दिर के भीतर गयी। देखकर चकित रह गयी। सोचने लगी कि दुनिया कहेगी, यह बुरी औरत होगी, इसलिए दोनों को मार आयी इस बदनामी से मर जाना अच्छा है। यह सोच उसने तलवार उठाई और जैसे ही गर्दन पर मारनी चाही कि देवी ने प्रकट होकर उसका हाथ पकड़ लिया और कहा, "मैं तुझपर प्रसन्न हूँ। जो चाहो, सो माँगो।"

स्त्री बोली, "हे देवी! इन दोनों को जिला दो।"

देवी ने कहा, "अच्छा, तुम दोनों के सिर मिलाकर रख दो।"

घबराहट में स्त्री ने सिर जोड़े तो गलती से एक का सिर दूसरे के धड़ पर लग गया। देवी ने दोनों को जिला दिया। अब वे दोनों आपस में झगड़ने लगे। एक कहता था कि यह स्त्री मेरी है, दूसरा कहता मेरी।

बेताल बोला, "हे राजन्! बताओ कि यह स्त्री किसकी हो?"

राजा ने कहा, "नदियों में गंगा उत्तम है, पर्वतों में सुमेरु, वृक्षों में कल्पवृक्ष और अंगों में सिर। इसलिए शरीर पर पति का सिर लगा हो, वही पति होना चाहिए।"

इतना सुनकर बेताल फिर पेड़ पर जा लटका। राजा उसे फिर लाया तो उसने सातवीं कहानी कही।

8

राजा या सेवक-किसका काम बड़ा?

मिथलावती नाम की एक नगरी थी। उसमें गुणधिप नाम का राजा राज करता था। उसकी सेवा करने के लिए दूर देश से एक राजकुमार आया। वह बराबर कोशिश करता रहा, लेकिन राजा से उनकी भेंट न हुई। जो कुछ वह अपने साथ लाया था, वह सब बराबर हो गया।

एक दिन राजा शिकार खेलने चला। राजकुमार भी साथ हो लिया। चलते-चलते राजा एक वन में पहुँचा। वहाँ उसके नौकर-चाकर बिछुड़ गये। राजा के साथ अकेला वह राजकुमार रह गया। उसने राजा को रोका। राजा ने उसकी ओर देखा तो पूछा, “तू इतना कमजोर क्यों हो रहा है।” उसने कहा, “इसमें मेरे कर्म का दोष है। मैं जिस राजा के पास रहता हूँ, वह हजारों को पालता है, पर उसकी निगाह मेरी ओर नहीं जाती। राजन् छः बातें आदमी को हल्का करती हैं—खोटे नर की प्रीति, बिना कारण हँसी, स्त्री से विवाद, असज्जन स्वामी की सेवा, गधे की सवारी और बिना संस्कृत की भाषा। और हे राजा, ये पाँच चीज़ें आदमी के पैदा होते ही विधाता उसके भाग्य में लिख देता है—आयु, कर्म, धन, विद्‌या और यश। राजन्, जब तक आदमी का पुण्य उदय रहता है, तब तक उसके बहुत-से दास रहते हैं। जब पुण्य घट जाता है तो भाई भी बैरी हो जाते हैं। पर एक बात है, स्वामी की सेवा अकारथ नहीं जाती। कभी-न-कभी फल मिल ही

जाता है।"

यह सुन राजा के मन पर उसका बड़ा असर हुआ। कुछ समय घूमने-घामने के बाद वे नगर में लौट आये। राजा ने उसे अपनी नौकरी में रख लिया। उसे बढ़िया-बढ़िया कपड़े और गहने दिये।

एक दिन राजकुमार किसी काम से कहीं गया। रास्ते में उसे देवी का मन्दिर मिला। उसने अन्दर जाकर देवी की पूजा की। जब वह बाहर निकला तो देखता क्या है, उसके पीछे एक सुन्दर स्त्री चली आ रही है। राजकुमार उसे देखते ही उसकी ओर आकर्षित हो गया। स्त्री ने कहा, "पहले तुम कुण्ड में स्नान कर आओ। फिर जो कहोगे, सो करूँगी।"

इतना सुनकर राजकुमार कपड़े उतारकर जैसे ही कुण्ड में घुसा और गोता लगाया कि अपने नगर में पहुँच गया। उसने जाकर राजा को सारा हाल कह-सुनाया। राजा ने कहा, "यह अचरज मुझे भी दिखाओ।"

दोनों घोड़ों पर सवार होकर देवी के मन्दिर पर आये। अन्दर जाकर दर्शन किये और जैसे ही बाहर निकले कि वह स्त्री प्रकट हो गयी। राजा को देखते ही बोली, "महाराज, मैं आपके रूप पर मुग्ध हूँ। आप जो कहेंगे, वही करुँगी।"

राजा ने कहा, "ऐसी बात है तो तू मेरे इस सेवक से विवाह कर ले।"

स्त्री बोली, "यह नहीं होने का। मैं तो तुम्हें चाहती हूँ।"

राजा ने कहा, "सज्जन लोग जो कहते हैं, उसे निभाते हैं। तुम अपने वचन का पालन करो।"

इसके बाद राजा ने उसका विवाह अपने सेवक से करा दिया।

इतना कहकर बेताल बोला, "हे राजन्! यह बताओ कि राजा और सेवक, दोनों में से किसका काम बड़ा हुआ?"

राजा ने कहा, "नौकर का।"

बेताल ने पूछा, "सो कैसे?"

राजा बोला, "उपकार करना राजा का तो धर्म ही था। इसलिए उसके उपकार करने में कोई खास बात नहीं हुई। लेकिन जिसका धर्म नहीं था, उसने उपकार किया तो उसका काम बढ़कर हुआ?"

इतना सुनकर बेताल फिर पेड़ पर जा लटका और राजा जब उसे पुनः लेकर चला तो उसने आठवीं कहानी सुनायी।

9

सबसे बढ़कर कौन?

अंग देश के एक गाँव मे एक धनी ब्राहमण रहता था। उसके तीन पुत्र थे। एक बार ब्राहमण ने एक यज्ञ करना चाहा। उसके लिए एक कछुए की जरूरत हुई। उसने तीनों भाइयों को कछुआ लाने को कहा। वे तीनों समुद्र पर पहुँचे। वहाँ उन्हें एक कछुआ मिल गया। बड़े ने कहा, "मैं भोजनचंग हूँ, इसलिए कछुए को नहीं छुऊँगा।" मझला बोला, "मैं नारीचंग हूँ, मैं नहीं ले जाऊँगा।" सबसे छोटा बोल, "मैं शैयाचंग हूँ, सो मैं नहीं ले जाऊँगा।"

वे तीनों इस बहस में पड़ गये कि उनमें कौन बढ़कर है। जब वे आपस में इसका फैसला न कर सके तो राजा के पास पहुँचे। राजा ने कहा, "आप लोग रुकें। मैं तीनों की अलग-अलग जाँच करूँगा।"

इसके बाद राजा ने बढ़िया भोजन तैयार कराया और तीनों खाने बैठे। सबसे बड़े ने कहा, "मैं खाना नहीं खाऊँगा। इसमें मुर्दे की गन्ध आती है।" वह उठकर चला। राजा ने पता लगाया तो मालूम हुआ कि वह भोजन श्मशान के पास के खेत का बना था। राजा ने कहा, "तुम सचमुच भोजनचंग हो, तुम्हें भोजन की पहचान है।"

रात के समय राजा ने एक सुन्दर वेश्या को मझले भाई के पास भेजा। ज्योंही वह वहाँ पहुँची कि मझले भाई ने कहा, "इसे हटाओ यहाँ से। इसके शरीर से बकरी का दूध की गंध आती है।"

राजा ने यह सुनकर पता लगाया तो मालूम हुआ कि वह वेश्या बचपन में बकरी के दूध पर पली थी। राजा बड़ा खुश हुआ और बोला, "तुम सचमुच नारीचंग हो।"

इसके बाद उसने तीसरे भाई को सोने के लिए सात गद्दों का पलंग दिया। जैसे ही वह उस पर लेटा कि एकदम चीखकर उठ बैठा। लोगों ने देखा, उसकी पीठ पर एक लाल रेखा खींची थी। राजा को ख़बर मिली तो उसने बिछौने को दिखवाया। सात गद्दों के नीचे उसमें एक बाल निकला। उसी से उसकी पीठ पर लाल लकीर हो गयी थीं।

राजा को बड़ा अचरज हुआ उसने तीनों को एक-एक लाख अशर्फियाँ दीं। अब वे तीनों कछुए को ले जाना भूल गये, वहीं आनन्द से रहने लगे।

इतना कहकर बेताल बोला, "हे राजा! तुम बताओ, उन तीनों में से बढ़कर कौन था?"

राजा ने कहा, "मेरे विचार से सबसे बढ़कर शैयाचंग था, क्योंकि उसकी पीठ पर बाल का निशान दिखाई दिया और ढूँढ़ने पर बिस्तर में बाल पाया भी गया। बाकी दो के बारे में तो यह कहा जा सकता है कि उन्होंने किसी से पूछकर जान लिया होगा।"

इतना सुनते ही बेताल फिर पेड़ पर जा लटका। राजा लौटकर वहाँ गया और उसे लेकर लौटा तो उसने यह कहानी कही।

10

राजकुमारी किसको मिलनी चाहिए?

चम्मापुर नाम का एक नगर था, जिसमें चम्पकेश्वर नाम का राजा राज करता था। उसके सुलोचना नाम की रानी थी और त्रिभुवनसुन्दरी नाम की लड़की। राजकुमारी यथा नाम तथा गुण थी। जब वह बड़ी हुई तो उसका रूप और निखर गया। राजा और रानी को उसके विवाह की चिन्ता हुई। चारों ओर इसकी खबर फैल गयी। बहुत-से राजाओं ने अपनी-अपनी तस्वीरें बनवाकर भेंजी, पर राजकुमारी ने किसी को भी पसन्द न किया। राजा ने कहा, "बेटी, कहो तो स्वयम्वर करूँ?" लेकिन वह राजी नहीं हुई। आख़िर राजा ने तय किया कि वह उसका विवाह उस आदमी के साथ करेगा, जो रूप, बल और ज्ञान, इन तीनों में बढ़ा-चढ़ा होगा।

एक दिन राजा के पास चार देश के चार वर आये। एक ने कहा, "मैं एक कपड़ा बनाकर पाँच लाख में बेचता हूँ, एक लाख देवता को चढ़ाता हूँ, एक लाख अपने अंग लगाता हूँ, एक लाख स्त्री के लिए रखता हूँ और एक लाख से अपने खाने-पीने का ख़र्च चलाता हूँ। इस विद्या को और कोई नहीं जानता।

दूसरा बोला, "मैं जल-थल के पशुओं की भाषा जानता हूँ।"

तीसरे ने कहा, "मैं इतना शास्त्र पढ़ा हूँ कि मेरा कोई मुकाबला नहीं कर सकता।"

चौथे ने कहा, "मैं शब्दवेधी तीर चलाना जानता हूँ।"

चारों की बातें सुनकर राजा सोच में पड़ गया। वे सुन्दरता में भी एक-से-एक बढ़कर थे। उसने राजकुमारी को बुलाकर उनके गुण और रूप का वर्णन किया, पर वह चुप रही।

इतना कहकर बेताल बोला, "राजन्, तुम बताओ कि राजकुमारी किसको मिलनी चाहिए?"

राजा बोला, "जो कपड़ा बनाकर बेचता है, वह शूद्र है। जो पशुओं की भाषा जानता है, वह ज्ञानी है। जो शास्त्र पढ़ा है, ब्राह्मण है; पर जो शब्दवेधी तीर चलाना जानता है, वह राजकुमारी का सजातीय है और उसके योग्य है। राजकुमारी उसी को मिलनी चाहिए।"

राजा के इतना कहते ही बेताल गायब हो गया। राजा बेचारा वापस लौटा और उसे लेकर चला तो उसने दसवीं कहानी सुनायी।

11

सबसे बडा त्याग किसका?

मदनपुर नगर में वीरवर नाम का राजा राज करता था। उसके राज्य में एक वैश्य था, जिसका नाम हिरण्यदत्त था। उसके मदनसेना नाम की एक कन्या थी।

एक दिन मदनसेना अपनी सखियों के साथ बाग़ में गयी। वहाँ संयोग से सोमदत्त नामक सेठ का लड़का धर्मदत्त अपने मित्र के साथ आया हुआ था। वह मदनसेना को देखते ही उससे प्रेम करने लगा। घर लौटकर वह सारी रात उसके लिए बैचेन रहा। अगले दिन वह फिर बाग़ में गया। मदनसेना वहाँ अकेली बैठी थी। उसके पास जाकर उसने कहा, "तुम मुझसे प्यार नहीं करोगी तो मैं प्राण दे दूँगा।"

मदनसेना ने जवाब दिया, "आज से पाँचवे दिन मेरी शादी होनेवाली है। मैं तुम्हारी नहीं हो सकती।"

वह बोला, "मैं तुम्हारे बिना जीवित नहीं रह सकता।"

मदनसेना डर गयी। बोली, "अच्छी बात है। मेरा ब्याह हो जाने दो। मैं अपने पति के पास जाने से पहले तुमसे ज़रूर मिलूँगी।"

वचन देके मदनसेना डर गयी। उसका विवाह हो गया और वह जब अपने पति के पास गयी तो उदास होकर बोली, "आप मुझ पर विश्वास करें और मुझे अभय दान दें तो एक बात कहूँ।" पति ने विश्वास दिलाया

तो उसने सारी बात कह सुनायी। सुनकर पति ने सोचा कि यह बिना जाये मानेगी तो है नहीं, रोकना बेकार है। उसने जाने की आज्ञा दे दी।

मदनसेना अच्छे-अच्छे कपड़े और गहने पहन कर चली। रास्ते में उसे एक चोर मिला। उसने उसका आँचल पकड़ लिया। मदनसेना ने कहा, "तुम मुझे छोड़ दो। मेरे गहने लेना चाहते हो तो लो।"

चोर बोला, "मैं तो तुम्हें चाहता हूँ।"

मदनसेना ने उसे सारा हाल कहा, "पहले मैं वहां हो आऊँ, तब तुम्हारे पास आऊँगी।"

चोर ने उसे छोड़ दिया।

मदनसेना धर्मदत्त के पास पहुँची। उसे देखकर वह बड़ा खुश हुआ और उसने पूछा, "तुम अपने पति से बचकर कैसे आयी हो?"

मदनसेना ने सारी बात सच-सच कह दी। धर्मदत्त पर उसका बड़ा गहरा असर पड़ा। उसने उसे छोड़ दिया। फिर वह चोर के पास आयी। चोर सब कुछ जानकर ब्रड़ा प्रभावित हुआ और वह उसे घर पर छोड़ गया। इस प्रकार मदनसेना सबसे बचकर पति के पास आ गयी। पति ने सारा हाल कह सुना तो बहुत प्रसन्न हुआ और उसके साथ आनन्द से रहने लगा।

इतना कहकर बेताल बोला, "हे राजा! बताओ, पति, धर्मदत्त और चोर, इनमें से कौन अधिक त्यागी है?"

राजा ने कहा, "चोर। मदनसेना का पति तो उसे दूसरे आदमी पर रुझान होने से त्याग देता है। धर्मदत्त उसे इसलिए छोड़ता है कि उसका मन बदल गया था, फिर उसे यह डर भी रहा होगा कि कहीं उसका पति उसे राजा से कहकर दण्ड न दिलवा दे। लेकिन चोर का किसी को पता न था, फिर भी उसने उसे छोड़ दिया। इसलिए वह उन दोनों से अधिक त्यागी था।"

राजा का यह जवाब सुनकर बेताल फिर पेड़ पर जा लटका और राजा जब उसे लेकर चला तो उसने यह कथा सुनायी।

सबसे कोमल कौन सी राजकुमारी?

गौड़ देश में वर्धमान नाम का एक नगर था, जिसमें गुणशेखर नाम का राजा राज करता था। उसके अभयचन्द्र नाम का दीवान था। उस दीवान के समझाने से राजा ने अपने राज्य में शिव और विष्णु की पूजा,

गोदान, भूदान, पिण्डदान आदि सब बन्द कर दिये। नगर में डोंडी पिटवा दी कि जो कोई ये काम करेगा, उसका सबकुछ छीनकर उसे नगर से निकाल दिया जायेगा।

एक दिन दीवान ने कहा, "महाराज, अगर कोई किसी को दुःख पहुँचाता है और उसके प्राण लेता है तो पाप से उसका जन्म-मरण नहीं छूटता। वह बार-बार जन्म लेता और मरता है। इससे मनुष्य का जन्म पाकर धर्म बढ़ाना चाहिए। आदमी को हाथी से लेकर चींटी तक सबकी रक्षा करनी चाहिए। जो लोग दूसरों के दुःख को नहीं समझते और उन्हें सताते हैं, उनकी इस पृथ्वी पर उम्र घटती जाती है और वे लूले-लँगड़े, काने, बौने होकर जन्म लेते हैं।"

राजा ने कहा "ठीक है।" अब दीवान जैसे कहता, राजा वैसे ही करता। दैवयोग से एक दिन राजा मर गया। उसकी जगह उसका बेटा धर्मराज गद्दी पर बैठा। एक दिन उसने किसी बात पर नाराज होकर दीवान को नगर से बाहर निकलवा दिया।

कुछ दिन बाद, एक बार वसन्त ऋतु में वह इन्दुलेखा, तारावली और मृगांकवती, इन तीनों रानियों को लेकर बाग़ में गया। वहाँ जब उसने इन्दुलेखा के बाल पकड़े तो उसके कान में लगा हुआ कमल उसकी जाँघ पर गिर गया। कमल के गिरते ही उसकी जाँघ में घाव हो गया और वह बेहोश हो गयी। बहुत इलाज हुआ, तब वह ठीक हुई। इसके बाद एक दिन की बात कि तारावली ऊपर खुले में सो रही थी। चांद निकला। जैसे ही उसकी चाँदनी तारावली के शरीर पर पड़ी, फफोले उठ आये। कई दिन के इलाज के बाद उसे आराम हुआ। इसके बाद एक दिन किसी के घर में मूसलों से धान कूटने की आवाज हुई। सुनते ही मृगांकवती के हाथों में छाले पड़ गये। इलाज हुआ, तब जाकर ठीक हुए।

इतनी कथा सुनाकर बेताल ने पूछा, "महाराज, बताइए, उन तीनों में सबसे ज्यादा कोमल कौन थी?"

राजा ने कहा, "मृगांकवती, क्योंकि पहली दो के घाव और छाले कमल और चाँदनी के छूने से हुए थे। तीसरी ने मूसल को छुआ भी नहीं और छाले पड़ गये। वही सबसे अधिक सुकुमार हुई।"

राजा के इतना कहते ही बेताल नौ-दो ग्यारह हो गया। राजा बेचारा फिर मसान में गया और जब वह उसे लेकर चला तो उसने एक और कहानी सुनायी।

12

वह मरा क्यों?

किसी ज़माने में अंगदेश मे यशकेतु नाम का राजा था। उसके दीर्घदर्शी नाम का बड़ा ही चतुर दीवान था। राजा बड़ा विलासी था। राज्य का सारा बोझ दीवान पर डालकर वह भोग में पड़ गया। दीवान को बहुत दुःख हुआ। उसने देखा कि राजा के साथ सब जगह उसकी निन्दा होती है। इसलिए वह तीरथ का बहाना करके चल पड़ा। चलते-चलते रास्ते में उसे एक शिव-मन्दिर मिला। उसी समय निछिदत्त नाम का एक सौदागर वहाँ आया और दीवान के पूछने पर उसने बताया कि वह सुवर्णद्वीप में व्यापार करने जा रहा है। दीवान भी उसके साथ हो लिया।

दोनों जहाज़ पर चढ़कर सुवर्णद्वीप पहुँचे और वहाँ व्यापार करके धन कमाकर लौटे। रास्ते में समुद्र में एक दीवान को एक कृल्पवृक्ष दिखाई दिया। उसकी मोटी-मोटी शाखाओं पर रत्नों से जुड़ा एक पलंग बिछा था। उस पर एक रूपवती कन्या बैठी वीणा बजा रही थी। थोड़ी देर बाद वह ग़ायब हो गयी। पेड़ भी नहीं रहा। दीवान बड़ा चकित हुआ।

दीवान ने अपने नगर में लौटकर सारा हाल कह सुनाया। इस बीच इतने दिनों तक राज्य को चला कर राजा सुधर गया था और उसने विलासिता छोड़ दी थी। दीवान की कहानी सुनकर राजा उस सुन्दरी को पाने के लिए बेचैन हो उठा और राज्य का सारा काम दीवान पर सौंपकर तपस्वी का भेष बनाकर वहीं पहुँचा। पहुँचने पर उसे वही कल्पवृक्ष और वीणा बजाती कन्या दिखाई दी। उसने राजा से पूछा, "तुम कौन हो?"

राजा ने अपना परिचय दे दिया। कन्या बोली, "मैं राजा मृगांकसेन की कन्या हूँ। मृगांकवती मेरा नाम है। मेरे पिता मुझे छोड़कर न जाने कहाँ चले गये।"

राजा ने उसके साथ विवाह कर लिया। कन्या ने यह शर्त रखी कि वह हर महीने के शुक्लपक्ष और कृष्णपक्ष की चतुर्दशी और अष्टमी को कहीं जाया करेगी और राजा उसे रोकेगा नहीं। राजा ने यह शर्त मान ली।

इसके बाद कृष्णपक्ष की चतुर्दशी आयी तो राजा से पूछकर मृगांकवती वहाँ से चली। राजा भी चुपचाप पीछे-पीछे चल दिया। अचानक राजा ने देखा कि एक राक्षस निकला और उसने मृगांकवती को निगल लिया। राजा को बड़ा गुस्सा आया और उसने राक्षस का सिर काट डाला। मृगांकवती उसके पेट से जीवित निकल आयी।

राजा ने उससे पूछा कि यह क्या माजरा है तो उसने कहा, "महाराज, मेरे पिता मेरे बिना भोजन नहीं करते थे। मैं अष्टमी और चतुदर्शी के दिन शिव पूजा यहाँ करने आती थी। एक दिन पूजा में मुझे बहुत देर हो गयी। पिता को भूखा रहना पड़ा। देर से जब मैं घर लौटी तो उन्होंने गुस्से में मुझे शाप दे दिया कि अष्टमी और चतुर्दशी के दिन जब मैं पूजन के लिए आया करूँगी तो एक राक्षस मुझे निगल जाया करेगा और मैं उसका पेट चीरकर निकला करूँगी। जब मैंने उनसे शाप छुड़ाने के लिए बहुत अनुनय की तो वह बोले, "जब अंगदेश का राजा तेरा पति बनेगा और तुझे राक्षस से निगली जाते देखेगा तो वह राक्षस को मार देगा। तब तेरे शाप का अन्त होगा।"

इसके बाद राजा उसे लेकर नगर में आया। दीवान ने यह देखा तो उसका हृदय फट गया। और वह मर गया।

इतना कहकर बेताल ने पूछा, "हे राजन्! यह बताओ कि स्वामी की इतनी खुशी के समय दीवान का हृदय फट गया?"

राजा ने कहा, "इसलिए कि उसने सोचा कि राजा फिर स्त्री के चक्कर में पड़ गया और राज्य की दुर्दशा होगी।"

राजा का इतना कहना था कि बेताल फिर पेड़ पर जा लटका। राजा ने वहाँ जाकर फिर उसे साथ लिया तो रास्ते में बेताल ने यह कहानी सुनायी।

13

अपराधी कौन?

बनारस में देवस्वामी नाम का एक ब्राह्मण रहता था। उसके हरिदास नाम का पुत्र था। हरिदास की बड़ी सुन्दर पत्नी थी। नाम था लावण्यवती। एक दिन वे महल के ऊपर छत पर सो रहे थे कि आधी रात के समय एक गंधर्व-कुमार आकाश में घूमता हुआ उधर से निकला। वह लावण्यवती के रूप पर मुग्ध होकर उसे उड़ाकर ले गया। जागने पर हरिदास ने देखा कि उसकी स्त्री नही है तो उसे बड़ा दुख हुआ और वह मरने के लिए तैयार हो गया। लोगों के समझाने पर वह मान तो गया; लेकिन यह सोचकर कि तीरथ करने से शायद पाप दूर हो जाय और स्त्री मिल जाय, वह घर से निकल पड़ा।

चलते-चलते वह किसी गाँव में एक ब्राह्मण के घर पहुँचा। उसे भूखा देख ब्राह्मणी ने उसे कटोरा भरकर खीर दे दी और तालाब के किनारे बैठकर खाने को कहा। हरिदास खीर लेकर एक पेड़ के नीचे आया और कटोरा वहाँ रखकर तालाब मे हाथ-मुँह धोने गया। इसी बीच एक बाज किसी साँप को लेकर उसी पेड़ पर आ बैठा ओर जब वह उसे खाने लगा तो साँप के मुँह से ज़हर टपककर कटोरे में गिर गया। हरिदास को कुछ पता नहीं था। वह उस खीर को खा गया। ज़हर का असर होने पर वह तड़पने लगा और दौड़ा-दौड़ा ब्राह्मणी के पास आकर बोला, “तूने मुझे जहर दे दिया है।” इतना कहने के बाद हरिदास मर गया।

पति ने यह देखा तो ब्राह्मणी को ब्रह्मघातिनी कहकर घर से निकाल दिया।

इतना कहकर बेताल बोला, "राजन्! बताओ कि साँप, बाज, और ब्राह्मणी, इन तीनों में अपराधी कौन है?"

राजा ने कहा, "कोई नहीं। साँप तो इसलिए नहीं क्योंकि वह शत्रु के वश में था। बाज इसलिए नहीं कि वह भूखा था। जो उसे मिल गया, उसी को वह खाने लगा। ब्राह्मणी इसलिए नहीं कि उसने अपना धर्म समझकर उसे खीर दी थी और अच्छी दी थी। जो इन तीनों में से किसी को दोषी कहेगा, वह स्वयं दोषी होगा। इसलिए अपराधी ब्राह्मणी का पति था जिसने बिना विचारे ब्राह्मणी को घर से निकाल दिया।"

इतना सुनकर बेताल फिर पेड़ पर जा लटका और राजा को वहाँ जाकर उसे लाना पड़ा। बेताल ने चलते-चलते नयी कहानी सनायी।

14

चोर क्यों रोया?

अयोध्या नगरी में वीरकेतु नाम का राजा राज करता था। उसके राज्य में रत्नदत्त नाम का एक साहूकार था, जिसके रत्नवती नाम की एक लड़की थी। वह सुन्दर थी। वह पुरुष के भेस में रहा करती थी और किसी से भी ब्याह नहीं करना चाहती थी। उसका पिता बड़ा दुःखी था।

इसी बीच नगर में खूब चोरियाँ होने लगी। प्रजा दुःखी हो गयी। कोशिश करने पर भी जब चोर पकड़ में न आया तो राजा स्वयं उसे पकड़ने के लिए निकला। एक दिन रात को जब राजा भेष बदलकर घूम रहा था तो उसे परकोटे के पास एक आदमी दिखाई दिया। राजा चुपचाप उसके पीछे चल दिया। चोर ने कहा, "तब तो तुम मेरे साथी हो। आओ, मेरे घर चलो।"

दोनो घर पहुँचे। उसे बिठलाकर चोर किसी काम के लिए चला गया। इसी बीच उसकी दासी आयी और बोली, "तुम यहाँ क्यों आये हो? चोर तुम्हें मार डालेगा। भाग जाओ।"

राजा ने ऐसा ही किया। फिर उसने फौज लेकर चोर का घर घेर लिया। जब चोर ने ये देखा तो वह लड़ने के लिए तैयार हो गया। दोनों में खूब लड़ाई हुई। अन्त में चोर हार गया। राजा उसे पकड़कर राजधानी में लाया और से सूली पर लटकाने का हुक्म दे दिया।

संयोग से रत्नवती ने उसे देखा तो वह उस पर मोहित हो गयी। पिता से बोली, "मैं इसके साथ ब्याह करूँगी, नहीं तो मर जाऊँगी।

पर राजा ने उसकी बात न मानी और चोर सूली पर लटका दिया। सूली पर लटकने से पहले चोर पहले तो बहुत रोया, फिर खूब हँसा। रत्नवती वहाँ पहुँच गयी और चोर के सिर को लेकर सती होने को चिता में बैठ गयी। उसी समय देवी ने आकाशवाणी की, "मैं तेरी पतिभक्ति से प्रसन्न हूँ। जो चाहे सो माँग।"

रत्नवती ने कहा, "मेरे पिता के कोई पुत्र नहीं है। सो वर दीजिए, कि उनसे सौ पुत्र हों।"

देवी प्रकट होकर बोलीं, "यही होगा। और कुछ माँगो।"

वह बोली, "मेरे पति जीवित हो जायें।"

देवी ने उसे जीवित कर दिया। दोनों का विवाह हो गया। राजा को जब यह मालूम हुआ तो उन्होंने चोर को अपना सेनापति बना लिया।

इतनी कहानी सुनाकर बेताल ने पूछा, 'हे राजन्, यह बताओ कि सूली पर लटकने से पहले चोर क्यों तो ज़ोर-ज़ोर से रोया और फिर क्यों हँसते-हँसते मर गया?"

राजा ने कहा, "रोया तो इसलिए कि वह राजा रत्नदत्त का कुछ भी भला न कर सकेगा। हँसा इसलिए कि रत्नवती बड़े-बड़े राजाओं और धनिकों को छोड़कर उस पर मुग्ध होकर मरने को तैयार हो गयी। स्त्री के मन की गति को कोई नहीं समझ सकता।"

इतना सुनकर बेताल गायब हो गया और पेड़ पर जा लटका। राजा फिर वहाँ गया और उसे लेकर चला तो रास्ते में उसने यह कथा कही।

15

किस की पत्नी?

नेपाल देश में शिवपुरी नामक नगर मे यशकेतु नामक राजा राज करता था। उसके चन्द्रप्रभा नाम की रानी और शशिप्रभा नाम की लड़की थी।

जब राजकुमारी बड़ी हुई तो एक दिन वसन्त उत्सव देखने बाग़ में गयी। वहाँ एक ब्राह्मण का लड़का आया हुआ था। दोनों ने एक-दूसरे को देखा और प्रेम करने लगे। इसी बीच एक पागल हाथी वहाँ दौड़ता हुआ आया। ब्राह्मण का लड़का राजकुमारी को उठाकर दूर ले गया और हाथी से बचा दिया। शशिप्रभा महल में चली गयी; पर ब्राह्मण के लड़के के लिए व्याकुल रहने लगी।

उधर ब्राह्मण के लड़के की भी बुरी दशा थी। वह एक सिद्धगुरू के पास पहुँचा और अपनी इच्छा बतायी। उसने एक योग-गुटिका अपने मुँह में रखकर ब्राह्मण का रूप बना लिया और एक गुटिका ब्राह्मण के लड़के के मुँह में रखकर उसे सुन्दर लड़की बना दिया। राजा के पास जाकर कहा, "मेरा एक ही बेटा है। उसके लिए मैं इस लड़की को लाया था; पर लड़का न जाने कहाँ चला गया। आप इसे यहाँ रख ले। मैं लड़के को ढूँढ़ने जाता हूँ। मिल जाने पर इसे ले जाऊँगा।"

सिद्धगुरु चला गया और लड़की के भेस में ब्राह्मण का लड़का राजकुमार के पास रहने लगा। धीरे-धीरे दोनों में बड़ा प्रेम हो गया। एक दिन राजकुमारी ने कहा, "मेरा दिल बड़ा दुखी रहता है। एक ब्राह्मण के लड़के ने पागल हाथी से मरे प्राण बचाये थे। मेरा मन उसी में रमा है।"

इतना सुनकर उसने गुटिका मुँह से निकाल ली और ब्राह्मण-कुमार बन गया। राजकुमार उसे देखकर बहुत प्रसन्न हुई। तबसे वह रात को रोज़ गुटिका निकालकर लड़का बन जाता, दिन में लड़की बना रहता। दोनों ने चुपचाप विवाह कर लिया।

कुछ दिन बाद राजा के साले की कन्या मृगांकदत्ता का विवाह दीवान के बेटे के साथ होना तय हुआ। राजकुमारी अपने कन्या-रूपधार ब्राह्मणकुमार के साथ वहाँ गयी। संयोग से दीवान का पुत्र उस बनावटी कन्या पर रीझ गया। विवाह होने पर वह मृगांकदत्ता को घर तो ले गया; लेकिन उसका हृदय उस कन्या के लिए व्याकुल रहने लगा उसकी यह दशा देखकर दीवान बहुत हैरान हुआ। उसने राजा को समाचार भेजा। राजा आया। उसके सामने सवाल था कि धरोहर के रूप में रखी हुई कन्या को वह कैसे दे दे? दूसरी ओर यह मुश्किल कि न दे तो दीवान का लड़का मर जाये।

बहुत सोच-विचार के बाद राजा ने दोनों का विवाह कर दिया। बनावटी कन्या ने यह शर्त रखी कि चूँकि वह दूसरे के लिए लायी गयी थी, इसलिए उसका यह पति छः महीने तक यात्रा करेगा, तब वह उससे बात करेगी। दीवान के लड़के ने यह शर्त मान ली।

विवाह के बाद वह उसे मृगांकदत्ता के पास छोड़ तीर्थ-यात्रा चला गया। उसके जाने पर दोनों आनन्द से रहने लगे। ब्राह्मणकुमार रात में आदमी बन जाता और दिन में कन्या बना रहता।

जब छः महीने बीतने को आये तो वह एक दिन मृगांकदत्ता को लेकर भाग गया।

उधर सिद्धगुरु एक दिन अपने मित्र शशि को युवा पुत्र बनाकर राजा के पास लाया और उस कन्या को माँगा। शाप के डर के मारे राजा ने कहा, "वह कन्या तो जाने कहाँ चली गयी। आप मेरी कन्या से इसका विवाह कर दें।"

वह राजी हो गया और राजकुमारी का विवाह शशि के साथ कर दिया। घर आने पर ब्राह्मणकुमार ने कहा, "यह राजकुमारी मेरी स्त्री है। मैंने इससे गंधर्व-रीति से विवाह किया है।"

शशि ने कहा, "यह मेरी स्त्री है, क्योंकि मैंने सबके सामने विधिपूर्वक ब्याह किया है।"

बेताल ने पूछा, "शशि दोनों में से किस की पत्नी है?"

राजा ने कहा, "मेरी राय में वह शशि की पत्नी है, क्योंकि राजा ने सबके सामने विधिपूर्वक विवाह किया था। ब्राह्मणकुमार ने तो चोरी से ब्याह किया था। चोरी की चीज़ पर चोर का अधिकार नहीं होता।"

इतना सुनना था कि बेताल गायब हो गया और राजा को जाकर फिर उसे लाना पड़ा। रास्ते में बेताल ने फिर एक कहानी सुनायी।

16

सबसे बड़ा काम किसने किया

हिमाचल पर्वत पर गंधर्वों का एक नगर था, जिसमें जीमूतकेतु नामक राजा राज करता था। उसके एक लड़का था, जिसका नाम जीमूतवाहन था। बाप-बेटे दोनों भले थे। धर्म-कर्म मे लगे रहते थे। इससे प्रजा के लोग बहुत स्वच्छन्द हो गये और एक दिन उन्होंने राजा के महल को घेर लिया। राजकुमार ने यह देखा तो पिता से कहा कि आप चिन्ता न करें। मैं सबको मार भगाऊँगा। राजा बोला, "नहीं, ऐसा मत करो। युधिष्ठिर भी महाभारत करके पछताये थे।"

इसके बाद राजा अपने गोत्र के लोगों को राज्य सौंप राजकुमार के साथ मलयाचल पर जाकर मढ़ी बनाकर रहने लगा। वहाँ जीमूतवाहन की एक ऋषि के बेटे से दोस्ती हो गयी। एक दिन दोनों पर्वत पर भवानी के मन्दिर में गये तो दैवयोग से उन्हें मलयकेतु राजा की पुत्री मिली। दोनों एक-दूसरे पर मोहित हो गये। जब कन्या के पिता को मालूम हुआ तो उसने अपनी बेटी उसे ब्याह दी।

एक रोज़ की बात है कि जीमूतवाहन को पहाड़ पर एक सफ़ेद ढेर दिखाई दिया। पूछा तो मालूम हुआ कि पाताल से बहुत-से नाग आते हैं, जिन्हें गरुड़ खा लेता है। यह ढेर उन्हीं की हड्डियों का है। उसे देखकर जीमूतवाहन आगे बढ़ गया। कुछ दूर जाने पर उसे किसी के रोने की

आवाज़ सुनाई दी। पास गया तो देखा कि एक बुढ़िया रो रही है। कारण पूछा तो उसने बताया कि आज उसके बेटे शंखचूड़ नाग की बारी है। उसे गरुड़ आकर खा जायेगा। जीमूतवाहन ने कहा, "माँ, तुम चिन्ता न करो, मैं उसकी जगह चला जाऊँगा।" बुढ़िया ने बहुत समझाया, पर वह न माना।

इसके बाद गरुड़ आया और उसे चोंच में पकड़कर उड़ा ले गया। संयोग से राजकुमार का बाजूबंद गिर पड़ा, जिस पर राजा का नाम खुदा था। उस पर खून लगा था। राजकुमारी ने उसे देखा। वह मूर्च्छित हो गयी। होश आने पर उसने राजा और रानी को सब हाल सुनाया। वे बड़े दुःखी हुए और जीमूतवाहन को खोजने निकले। तभी उन्हें शंखचूड़ मिला। उसने गरुड़ को पुकार कर कहा, "हे गरुड़! तू इसे छोड़ दे। बारी तो मेरी थी।"

गरुड़ ने राजकुमार से पूछा, "तू अपनी जान क्यों दे रहा है?" उसने कहा, "उत्तम पुरुष को हमेशा दूसरों की मदद करनी चाहिए।"

यह सुनकर गरुड़ बहुत खुश हुआ उसने राजकुमार से वर माँगने को कहा। जीमूतवाहन ने अनुरोध किया कि सब साँपों को जिला दो। गरुड़ ने ऐसा ही किया। फिर उसने कहा, "तुझे अपना राज्य भी मिल जायेगा।"

इसके बाद वे लोग अपने नगर को लौट आये। लोगों ने राजा को फिर गद्दी पर बिठा दिया। इतना कहकर बेताल बोला, "हे राजन् यह बताओ, इसमें सबसे बड़ा काम किसने किया?"

राजा ने कहा "शंखचूड़ ने?"

बेताल ने पूछा, "कैसे?"

राजा बोला, "जीमूतवाहन जाति का क्षत्रीय था। प्राण देने का उसे अभ्यास था। लेकिन बड़ा काम तो शंखचूड़ ने किया, जो अभ्यास न होते हुए भी जीमूतवाहन को बचाने के लिए अपनी जान देने को तैयार हो गया।"

इतना सुनकर बेताल फिर पेड़ पर जा लटका। राजा उसे लाया तो उसने फिर एक कहानी सुनायी।

17

कौन अधिक साहसी?

चन्द्रशेखर नगर में रत्नदत्त नाम का एक सेठ रहता था। उसके एक लड़की थी। उसका नाम था उन्मादिनी। जब वह बड़ी हुई तो रत्नदत्त ने राजा के पास जाकर कहा कि आप चाहें तो उससे ब्याह कर लीजिए। राजा ने तीन दासियों को लड़की को देख आने को कहा। उन्होंने उन्मादिनी को देखा तो उसके रुप पर मुग्ध हो गयीं, लेकिन उन्होंने यह सोचकर कि राजा उसके वश में हो जायेगा, आकर कह दिया कि वह तो कुलक्षिणी है राजा ने सेठ से इन्कार कर दिया।

इसके बाद सेठ ने राजा के सेनापति बलभद्र से उसका विवाह कर दिया। वे दोनों अच्छी तरह से रहने लगे।

एक दिन राजा की सवारी उस रास्ते से निकली। उस समय उन्मादिनी अपने कोठे पर खड़ी थी। राजा की उस पर निगाह पड़ी तो वह उस पर मोहित हो गया। उसने पता लगाया। मालूम हुआ कि वह सेठ की लड़की है। राजा ने सोचा कि हो-न-हो, जिन दासियों को मैंने देखने भेजा था, उन्होंने छल किया है। राजा ने उन्हें बुलाया तो उन्होंने आकर सारी बात सच-सच कह दी। इतने में सेनापति वहाँ आ गया। उसे राजा की बैचेनी मालूम हुई। उसने कहा, "स्वामी उन्मादिनी को आप ले लीजिए।" राजा ने गुस्सा होकर कहा, "क्या मैं अधर्मी हूँ, जो पराई स्त्री को ले लूँ?"

राजा को इतनी व्याकुलता हुई कि वह कुछ दिन में मर गया। सेनापति ने अपने गुरु को सब हाल सुनाकर पूछा कि अब मैं क्या करूँ?

गुरु ने कहा, "सेवक का धर्म है कि स्वामी के लिए जान दे दे।"

राजा की चिता तैयार हुई। सेनापति वहाँ गया और उसमें कूद पड़ा। जब उन्मादिनी को यह बात मालूम हुई तो वह पति के साथ जल जाना धर्म समझकर चिता के पास पहुँची और उसमें जाकर भस्म हो गयी।

इतना कहकर बेताल ने पूछा, "राजन्, बताओ, सेनापति और राजा में कौन अधिक साहसी था?"

राजा ने कहा, "राजा अधिक साहसी था; क्योंकि उसने राजधर्म पर दृढ़ रहने के लिए उन्मादिनी को उसके पति के कहने पर भी स्वीकार नहीं किया और अपने प्राणों को त्याग दिया। सेनापति कुलीन सेवक था। अपने स्वामी की भलाई में उसका प्राण देना अचरज की बात नहीं। असली काम तो राजा ने किया कि प्राण छोड़कर भी राजधर्म नहीं छोड़ा।"

राजा का यह उत्तर सुनकर बेताल फिर पेड़ पर जा लटका। राजा उसे पुन: पकड़कर लाया और तब उसने यह कहानी सुनायी।

18

विद्या क्यों नष्ट हो गयी?

उज्जैन नगरी में महासेन नाम का राजा राज करता था। उसके राज्य में वासुदेव शर्मा नाम का एक ब्राह्मण रहता था, जिसके गुणाकर नाम का बेटा था। गुणाकर बड़ा जुआरी था। वह अपने पिता का सारा धन जुए में हार गया। ब्राह्मण ने उसे घर से निकाल दिया। वह दूसरे नगर में पहुँचा। वहाँ उसे एक योगी मिला। उसे हैरान देखकर उसने कारण पूछा तो उसने सब बता दिया। योगी ने कहा, "लो, पहले कुछ खा लो।" गुणाकर ने जवाब दिया, "मैं ब्राह्मण का बेटा हूँ। आपकी भिक्षा कैसे खा सकता हूँ?"

इतना सुनकर योगी ने सिद्धि को याद किया। वह आयी। योगी ने उससे आवभगत करने को कहा। सिद्धि ने एक सोने का महल बनवाया और गुणाकार उसमें रात को अच्छी तरह से रहा। सबेरे उठते ही उसने देखा कि महल आदि कुछ भी नहीं है। उसने योगी से कहा, "महाराज, उस स्त्री के बिना अब मैं नहीं रह सकता।"

योगी ने कहा, "वह तुम्हें एक विद्या प्राप्त करने से मिलेगी और वह विद्या जल के अन्दर खड़े होकर मंत्र जपने से मिलेगी। लेकिन जब वह लड़की तुम्हें मेरी सिद्धि से मिल सकती है तो तुम विद्या प्राप्त करके क्या करोगे?"

गुणाकर ने कहा, "नहीं, मैं स्वयं वैसा करूँगा।" योगी बोला, "कहीं ऐसा न हो कि तुम विद्या प्राप्त न कर पाओ और मेरी सिद्धि भी नष्ट हो जाय!"

पर गुणाकर न माना। योगी ने उसे नदी के किनारे ले जाकर मंत्र बता दिये और कहा कि जब तुम जप करते हुए माया से मोहित होगे तो मैं तुम पर अपनी विद्या का प्रयोग करूँगा। उस समय तुम अग्नि में प्रवेश कर जाना।"

गुणाकर जप करने लगा। जब वह माया से एकदम मोहित हो गया तो देखता क्या है कि वह किसी ब्राह्मण के बेटे के रूप में पैदा हुआ है। उसका ब्याह हो गया, उसके बाल-बच्चे भी हो गये। वह अपने जन्म की बात भूल गया। तभी योगी ने अपनी विद्या का प्रयोग किया। गुणाकर मायारहित होकर अग्नि में प्रवेश करने को तैयार हुआ। उसी समय उसने देखा कि उसे मरता देख उसके माँ-बाप और दूसरे लोग रो रहे हैं और उसे आग में जाने से रोक रहे हैं। गुणाकार ने सोचा कि मेरे मरने पर ये सब भी मर जायेंगे और पता नहीं कि योगी की बात सच हो या न हो।

इस तरह सोचता हुआ वह आग में घुसा तो आग ठंडी हो गयी और माया भी शान्त हो गयी। गुणाकर चकित होकर योगी के पास आया और उसे सारा हाल बता दिया।

योगी ने कहा, "मालूम होता है कि तुम्हारे करने में कोई कसर रह गयी।"

योगी ने स्वयं सिद्धि की याद की, पर वह नहीं आयी। इस तरह योगी और गुणाकर दोनों की विद्या नष्ट हो गयी।

इतनी कथा कहकर बेताल ने पूछा, "राजन्, यह बताओ कि दोनों की विद्या क्यों नष्ट हो गयी?"

राजा बोला, "इसका जवाब साफ़ है। निर्मल और शुद्ध संकल्प करने से ही सिद्धि प्राप्त होती है। गुणाकर के दिल में शंका हुई कि पता नहीं, योगी की बात सच होगी या नहीं। योगी की विद्या इसलिए नष्ट हुई कि उसने अपात्र को विद्या दी।"

राजा का उत्तर सुनकर बेताल फिर पेड़ पर जा लटका। राजा वहाँ गया और उसे लेकर चला तो उसने यह कहानी सुनायी।

19

पिण्ड किसको देना चाहिए?

वक्रोलक नामक नगर में सूर्यप्रभ नाम का राजा राज करता था। उसके कोई सन्तान न थी। उसी समय में एक दूसरी नगरी में धनपाल नाम का एक साहूकार रहता था। उसकी स्त्री का नाम हिरण्यवती था और उसके धनवती नाम की एक पुत्री थी। जब धनवती बड़ी हुई तो धनपाल मर गया और उसके नाते-रिश्तेदारों ने उसका धन ले लिया। हिरण्यवती अपनी लड़की को लेकर रात के समय नगर छोड़कर चल दी। रास्ते में उसे एक चोर सूली पर लटकता हुआ मिला। वह मरा नहीं था। उसने हिरण्यवती को देखकर अपना परिचय दिया और कहा, "मैं तुम्हें एक हज़ार अशर्फियाँ दूँगा। तुम अपनी लड़की का ब्याह मेरे साथ कर दो।"

हिरण्यवती ने कहा, "तुम तो मरने वाले हो।"

चोर बोला, "मेरे कोई पुत्र नहीं है और निपूते की परलोक में सदगति नहीं होती। अगर मेरी आज्ञा से और किसी से भी इसके पुत्र पैदा हो जायेगा तो मुझे सदगति मिल जायेगी।"

हिरण्यवती ने लोभ के वश होकर उसकी बात मान ली और धनवती का ब्याह उसके साथ कर दिया। चोर बोला, "इस बड़ के पेड़ के नीचे अशर्फियाँ गड़ी हैं, सो ले लेना और मेरे प्राण निकलने पर मेरा क्रिया-कर्म करके तुम अपनी बेटी के साथ अपने नगर में चली जाना।"

इतना कहकर चोर मर गया। हिरण्यवती ने ज़मीन खोदकर अशर्फियाँ निकालीं, चोर का क्रिया-कर्म किया और अपने नगर में लौट आयी।

उसी नगर में वसुदत्त नाम का एक गुरु था, जिसके मनस्वामी नाम का शिष्य था। वह शिष्य एक वेश्या से प्रेम करता था। वेश्या उससे पाँच सौ अशर्फियाँ माँगती थी। वह कहाँ से लाकर देता! संयोग से धनवती ने मनस्वामी को देखा और वह उसे चाहने लगी। उसने अपनी दासी को उसके पास भेजा। मनस्वामी ने कहा कि मुझे पाँच सौ अशर्फियाँ मिल जायें तो मैं एक रात धनवती के साथ रह सकता हूँ।

हिरण्यवती राजी हो गयी। उसने मनस्वामी को पाँच सौ अशर्फियाँ दे दीं। बाद में धनवती के एक पुत्र उत्पन्न हुआ। उसी रात शिवाजी ने सपने में उन्हें दर्शन देकर कहा, "तुम इस बालक को हजार अशर्फियों के साथ राजा के महल के दरवाज़े पर रख आओ।"

माँ-बेटी ने ऐसा ही किया। उधर शिवाजी ने राजा को सपने में दर्शन देकर कहा, "तुम्हारे द्वार पर किसी ने धन के साथ लड़का रख दिया है, उसे ग्रहण करो।"

राजा ने अपने नौकरों को भेजकर बालक और अशर्फियों को मँगा लिया। बालक का नाम उसने चन्द्रप्रभ रखा। जब वह लड़का बड़ा हुआ तो उसे गद्दी सौंपकर राजा काशी चला गया और कुछ दिन बाद मर गया।

पिता के ऋण से उऋण होने के लिए चन्द्रप्रभ तीर्थ करने निकला। जब वह घूमते हुए गयाकूप पहुँचा और पिण्डदान किया तो उसमें से तीन हाथ एक साथ निकले। चन्द्रप्रभ ने चकित होकर ब्राह्मणों से पूछा कि किसको पिण्ड दूँ? उन्होंने कहा, "लोहे की कीलवाला चोर का हाथ है, पवित्रीवाला ब्राह्मण का है और अंगूठीवाला राजा का। आप तय करो कि किसको देना है?"

इतना कहकर बेताल बोला, "राजन्, तुम बताओ कि उसे किसको पिण्ड देना चाहिए?"

राजा ने कहा, "चोर को; क्योंकि उसी का वह पुत्र था। मनस्वामी उसका पिता इसलिए नहीं हो सकता कि वह तो एक रात के लिए पैसे से ख़रीदा हुआ था। राजा भी उसका पिता नहीं हो सकता, क्योंकि उसे

बालक को पालने के लिए धन मिल गया था। इसलिए चोर ही पिण्ड का अधिकारी है।"

इतना सुनकर बेताल फिर पेड़ पर जा लटका और राजा को वहाँ जाकर उसे लाना पड़ा। रास्ते में फिर उसने एक कहानी सुनाई।

www.ingramcontent.com/pod-product-compliance
Lightning Source LLC
LaVergne TN
LVHW060306051026
849517LV00003B/995
* 9 7 9 8 8 8 7 8 3 7 0 1 7 *